Au-delà de l'horizon

L'auteur

Lauren Brooke a grandi dans un ranch en Virginie et vit
à présent en Angleterre, dans le Leicestershire. Elle a su monter à cheval avant même de marcher. Dès l'âge de six ans, elle
a régulièrement participé à des concours équestres. Elle fait
tous les jours de longues balades à cheval, accompagnée par
son mari, vétérinaire spécialiste des chevaux.

Vous aimez les livres de la série

Heartland

Écrivez-nous
pour nous faire partager votre enthousiasme :
Pocket Jeunesse, 12 avenue d'Italie, 75013 Paris

Heartland

Lauren Brooke

Au-delà de l'horizon

Écrit par Valérie Mouriaux, d'après la série Heartland

POCKET
jeunesse

Titre original :
Beyond the Horizon

Loi n° 49 956 du 16 juillet 1949 sur les publications destinées
à la jeunesse : octobre 2005.
© 2005, Working Partners Ltd.
© 2005, éditions Pocket Jeunesse, département d'Univers
Poche, pour la traduction française et la présente édition.

La série « Heartland » a été créée par
Working Partners Ltd., Londres.

Heartland™ est une marque déposée
appartenant à Working Partners Ltd.
ISBN : 2-266-14630-0

Seule Laura peut comprendre leur douleur,

seule Laura sait comment soigner leurs blessures,

seule Laura leur redonnera confiance en la vie...

Partagez avec elle, à

Heartland

sa passion des chevaux.

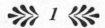

— Patience, Ashia ! C'est bientôt fini...

La jument pommelée tourna ses grands yeux doux vers Laura, puis elle secoua la crinière.

Laura sourit et lui caressa l'encolure. Depuis son admission à la clinique de l'école vétérinaire, la jument, qui souffrait d'une inflammation douloureuse du tendon, faisait preuve de beaucoup de courage. Elle était arrivée au moment où Laura commençait son stage. La jeune fille avait aussitôt demandé à s'occuper d'elle, retrouvant avec émotion des gestes familiers.

— Allez, dans une semaine, tu repars chez toi, et moi, je rentre à la maison ! ajouta-t-elle.

Elle soupira : il lui tardait tant de retrouver Heartland, le ranch familial, et Ted, son petit ami !

Autour d'elle, les écuries grouillaient d'étudiants. Ils portaient des couvertures pour protéger les chevaux – on était en février, et le vent était glacial –, remplissaient les mangeoires, changeaient les litières. Un petit groupe discutait du stage qu'on leur avait conseillé d'effectuer pendant les vacances de printemps toutes proches.

Ils avaient choisi l'option équine, un domaine qu'ils connaissaient bien. Mais la plus expérimentée de tous était Laura. Entourée de chevaux, elle était dans son élément et ne rechignait pas à partager son savoir-faire avec ses camarades.

Quant aux cours théoriques, ils étaient certes intéressants, mais ce n'était pas ce qui la passionnait le plus...

Par bonheur, Lou, sa sœur aînée, lui envoyait chaque soir par e-mail les nouvelles de Heartland, la tenant au courant des progrès des chevaux, de l'arrivée de nouveaux pensionnaires, lui racontant les péripéties du ranch.

Laura songea au dernier message de sa sœur. Elle sourit et cessa de brosser la jument. Celle-ci tourna la tête, les oreilles pointées.

— Pardon, ma belle ! s'exclama la jeune fille en se remettant à la tâche. Tu sais quoi ? Lou me propose de l'aider à préparer la layette de son bébé ! Génial, non ?

L'arrivée de ce bébé n'était pas vraiment une surprise : Lou avait épousé l'année précédente Scott Trewin, le vétérinaire attitré de Heartland. Pourtant, quand sa sœur avait annoncé sa grossesse, le dernier jour des vacances de Noël, Laura avait éclaté en sanglots, incapable de contenir son émotion. Sa famille, endeuillée par la mort de leur mère dix ans plus tôt, allait enfin connaître un événement heureux.

Les deux sœurs avaient dû combler le vide laissé par la disparition de Marion, et reprendre le ranch que leur mère avait fondé : c'était une écurie où l'on soignait le mal-être des chevaux par les massages, l'aromathérapie et la technique dite du consentement. L'idée en était venue à Marion après l'accident dont avait été victime son mari, un cavalier à la renommée internationale. Refusant son handicap, Tim avait abandonné sa famille, ainsi que son cheval, Pegasus, pertubé par cet événement. Marion était alors venue s'installer en Virginie, à Heartland, dans le ranch de son père, et avait réussi à guérir Pegasus de son traumatisme. Forte de ce succès, elle avait élargi sa pratique, s'occupant de différents troubles. Peu à peu, sa réputation s'était étendue dans toute la région.

Hélas, ses méthodes n'étaient pas approuvées à l'école de Laura. Cependant la jeune fille ne désespérait pas de convaincre ses futurs collègues...

— Salut, Laura !

Elle pivota sur ses talons. Une étudiante noire au regard pétillant l'observait en souriant.

— Salut, Sharona ! répondit Laura. Ça va ?

La nouvelle venue hocha la tête.

— Très bien ! Dis-moi, Ashia a l'air d'avoir retrouvé la forme.

— Oui. Elle pourra reprendre son entraînement dès...

— Hé ! Sharona ! Prête pour la conquête de Palm Beach ? les interrompit un autre apprenti vétérinaire.

Sharona lança, les yeux brillants :

— Et comment ! Je pars dans trois jours !

Le jeune homme lui fit un clin d'œil et s'éloigna vers la sellerie. Sharona regarda de nouveau Laura, les joues roses de plaisir. Avec sa taille de mannequin et son sourire qu'on aurait dit sorti tout droit d'un magazine féminin, elle mettait en émoi tous les étudiants du campus...

Et depuis qu'elle avait annoncé qu'elle ferait son stage au célèbre club de polo de Palm Beach, lors de la coupe de Fame, sa popularité avait redoublé. Passer deux semaines dans ce lieu mythique en faisait rêver plus d'un. Mais cet honneur n'était pas à la portée de tout le monde... La jeune fille avait obtenu ce privilège grâce à son père, qui connaissait le vétérinaire de Palm Beach.

— Et toi ? demanda Sharona, arrachant Laura à sa rêverie. Tu as choisi un stage ?

Laura saisit la longe d'Ashia avant de répondre.

— Si on veut... Je vais assister notre vétérinaire, à Heartland. En fait, c'est mon beau-frère.

Puis elle s'empressa d'ajouter, comme pour se justifier :

— Ma sœur doit accoucher en avril, j'en profiterai pour passer du temps avec elle...

Sharona fronça les sourcils :

— Pas très excitant, comme programme ! Tu n'as pas envie d'élargir un peu ton expérience ?

Pour toute réponse, Laura secoua la tête. Elle n'avait pas l'intention de confier à Sharona qu'à Heartland elle retrouverait Ted, et que cela comptait beaucoup pour elle.

— Qu'est-ce qu'il y a d'intéressant à assister un vétérinaire avec qui tu travailles déjà ? insista la jeune fille.

Laura allait répondre que, chaque jour, elle apprenait quelque chose de nouveau, quand elle aperçut Will, un étudiant de première année comme elle, qui s'approchait du box, les bras chargés de bandages.

— Salut, les filles ! Alors, ça travaille dur ?

— Comme tu vois ! s'exclama Sharona avec un sourire éclatant. Et toi ?

— J'ai trouvé des bandes élastiques, annonça Will, s'adressant à Laura. Si tu veux, on peut les mettre à Ashia maintenant ?

— Ça marche ! répondit la jeune fille.

L'arrivée de Will, qui mettait fin à sa discussion avec Sharona, l'arrangeait beaucoup.

Sharona prit congé. Laura la suivit un instant des yeux, songeuse et un peu amère. En vérité, elle était tentée par une nouvelle expérience dans le monde du cheval. Mais comment concilier Heartland et ce stage ? La seule solution était d'assister Scott dans ses tournées. Elle apprendrait beaucoup, certes, mais ce ne serait pas aussi passionnant qu'un séjour à Palm Beach. Elle aussi aurait aimé côtoyer pendant quinze jours les célèbres joueurs de polo argentins qui faisaient la une des magazines de chevaux.

Elle laissa échapper un soupir et se tourna vers Will, dont les yeux bleus la fixaient intensément. Gênée, Laura baissa les siens.

— Ne te laisse pas impressionner ! lui conseilla-t-il, comme s'il avait lu dans ses pensées. Je parie ce que tu veux que Sharona passera son temps à se prélasser sur la plage ! Tout ce qui l'intéresse, c'est d'épater ces stars ! Ça m'étonnerait qu'elle fréquente beaucoup les écuries. À la fin de son stage, elle n'en saura pas plus que toi et moi sur les chevaux de polo !

Laura ne put s'empêcher de sourire. Will avait sans doute raison...

Il lui montra les bandages :

— On y va ?

Laura acquiesça et sortit la jument du box.

— Tu seras moins à l'étroit pour t'occuper de sa jambe, expliqua-t-elle.

C'était au tour de Will de soigner Ashia. Laura regarda discrètement le jeune homme. Il était grand et avait une belle carrure. « Il serait aussi à l'aise sur un terrain de foot que dans une écurie », songeat-elle, amusée. Elle aimait bien Will. C'était un garçon franc, droit, et très drôle. Laura avait eu l'occasion de travailler en binôme avec lui lors d'un TP consacré à la leucémie canine. Laura connaissait peu le sujet, et Will lui avait été d'une aide précieuse. Il l'avait invitée à l'accompagner à la fête de l'école, la veille des vacances de Noël. Laura avait décliné sa proposition, en lui apprenant qu'elle avait déjà un petit ami... Will avait accepté son refus en souriant, comme d'habitude, et Laura était allée à cette soirée en « célibataire », avec une bande de copines.

— Comme ça ? demanda Will en déroulant une bande.

— Oui. Étire-la bien, et mets-la en partant du boulet. Mais ne serre pas trop sur le tendon.

Il s'agenouilla et s'exécuta. Laura tapota le flanc de la jument pour la rassurer.

— C'est bon ? s'enquit le garçon quand il eut terminé.

Laura jeta un coup d'œil :

— Bravo ! Tu te débrouilles comme un chef !

— Oh ! fit-il. N'exagère pas ! Je vais finir par attraper la grosse tête !

Laura sourit, amusée, et ramena la jument dans son box. Will la suivit.

— Alors, tu vas faire ton stage à Heartland ? demanda-t-il.

— Oui...

— Tu dois être impatiente de retrouver ton petit ami.

— Bien sûr ! répondit Laura d'un ton qu'elle voulut convaincant.

Au même moment, elle se rendit compte qu'elle appréhendait ces vacances avec Ted. À Noël, ils n'avaient pas réussi à se retrouver vraiment. Les mois qu'elle avait passés à la fac les avaient éloignés... Laura avait eu beau essayer de partager son expérience avec lui, il s'était montré distant.

— Quelque chose ne va pas ? s'inquiéta Will.

Elle releva la tête. Il l'observait, les sourcils froncés. Elle s'efforça de sourire. Pas question de lui laisser deviner ses doutes !

Tout était encore si confus dans sa tête...
Elle restait persuadée qu'elle et Ted avaient
simplement besoin de passer du temps
ensemble.

— On termine les corvées ? lui proposa-
t-elle.

— Je suis ton homme !

Après une dernière caresse à Ashia,
Laura referma la porte de son box. Puis ils
se dirigèrent vers la sellerie pour s'attaquer
à la dernière tâche de la jounée : vérifica-
tion et nettoyage du matériel de pansage.

— Et toi, tu les passes où, tes vacances
de printemps ? demanda Laura.

— En Arizona ! Je vais travailler dans
un ranch. On m'a proposé d'assister
l'équipe vétérinaire. Ça concerne surtout le
gros bétail, je pense. Je vais participer au
rassemblement et au marquage des bêtes.
À cheval, s'il vous plaît ! Je suis drôlement
content. J'adore les chevaux, mais je suis
mauvais cavalier. Je vais pouvoir améliorer
mon style. Deux semaines de pur western,
quoi !

Laura le regarda avec envie :

— Quelle chance ! Je suis sûre que tu

vas t'éclater. Il paraît que les paysages d'Arizona sont magnifiques...

Le jeune homme se tut un instant.

— Et si tu venais avec moi ? lâcha-t-il soudain.

Laura lui lança un regard étonné. Parlait-il sérieusement ?

— Tu ne serais pas la seule fille, poursuivit-il, enthousiaste. Il y a des cow-girls. Si, si ! Même si on ne les appelle pas comme ça, elles travaillent comme ranchers, au même titre que les hommes. Allez, viens ! insista-t-il.

— Non, Will, je ne peux pas, répondit Laura. Je rentre à Heartland. Une autre fois, peut-être.

Elle fit mine de ne pas remarquer la déception du garçon. Elle ne voulait pas se poser de questions, même si faire un saut en Arizona lui aurait bien plu...

2

Laura se précipita vers l'autocar. Elle eut juste le temps de grimper, et d'attraper les sacs que lui lançait Will avant que la porte se referme. Elle fit un signe à l'étudiant.

— Merci ! À bientôt !

Will la regardait fixement alors que l'autocar démarrait. Laura était troublée : qu'avait-elle lu dans l'expression du jeune homme ? Était-ce juste de l'amitié ? Elle secoua la tête. Qu'est-ce qui lui prenait ? Ce n'était pas le moment de fantasmer sur Will ! Elle allait retrouver Ted ! Elle sourit en repensant à la surprise qu'il avait voulu lui faire en allant la chercher à l'arrêt du bus à Noël... Peut-être serait-il là aujourd'hui ? Elle était impatiente de le revoir.

En descendant de l'autocar, Laura jeta un coup d'œil autour d'elle : personne ne l'attendait, et elle ne vit pas non plus arriver la camionnette de Ted. Elle patienta quelques minutes ; puis elle décida d'appeler au ranch.

Ce fut Lou qui décrocha. Elle semblait lasse.

— Coucou, c'est moi ! lança Laura. C'est quoi, cette petite voix ?

— Oh, ça va. Je suis heureuse que tu sois là ! J'attends Scott, qui va me ramener à la maison. Je dois me reposer, je suis épuisée. Tu vas te débrouiller pour venir jusqu'ici ?

— Bien sûr, affirma Laura, ne t'inquiète pas !

Elle s'efforça de ne pas laisser paraître sa déception. Elle avait tant espéré que Ted viendrait la chercher.

— Où est mon palefrenier préféré ? reprit-elle d'un ton détaché.

— Il est allé reconduire un pensionnaire chez ses propriétaires. Il ne sera pas de retour avant une bonne heure. Le pauvre, il est débordé ! Carly est en vacances, et il ne sait plus où donner de la tête. Je suis désolée pour toi, ma belle ! ajouta Lou, l'air préoccupé.

— Pas de panique, je prendrai un taxi ! À tout de suite !

Elle raccrocha. Lou n'était pas en grande forme, ce n'était pas le moment de l'embêter. Pourtant elle aurait aimé savoir où était Grand-Père, et pourquoi on ne l'avait pas prévenue de l'absence de Carly. Après réflexion, elle se dit qu'il n'y avait aucune raison pour qu'on l'en informe. Ils avaient dû en discuter entre eux, et décider du meilleur moment pour les vacances de la palefrenière.

Elle prit ses sacs et héla un taxi.

Pendant le trajet, elle songea aux chevaux. Elle avait hâte de les revoir, surtout Grand-Échalas, un jeune poulain sauvé *in extremis* l'été précédent d'une vente qui se déroulait dans des conditions d'insalubrité extrême. À Noël, elle avait eu le plaisir de constater qu'il avait fait des progrès étonnants. Il tournait très bien à la longe, et

Laura avait commencé à le débourrer, tout en douceur. Elle pensa à Eden, un hongre arrivé quelques jours avant ses vacances d'hiver. Jamais elle n'avait vu de cheval si gros. Il était obèse ! Ted lui avait composé un programme de soins adapté à son cas, et Laura s'était occupée de lui jusqu'à son départ de Heartland.

Quand le taxi s'arrêta devant le ranch, Laura sentit l'émotion la submerger. Elle était chez elle ! Mais ni Grand-Père ni Ted ne vinrent l'accueillir. Elle paya le chauffeur, et se dirigea vers la maison. La cour était vide, et le portail de l'écurie fermé.

Elle poussa la porte de la cuisine et entra. Personne... Tout était étrangement silencieux. Seul le tic-tac de la grosse horloge appuyée contre le mur résonnait à intervalles réguliers.

Laura posa ses affaires et entra à pas de loup dans le salon. Elle s'arrêta sur le seuil : Lou dormait dans la grande loveuse, les mains posées sur son ventre rond. Émue, Laura songea à ce bébé qui allait naître bientôt. Alors qu'elle s'apprêtait à battre en retraite, sa sœur ouvrit les yeux.

— Laura ! s'exclama-t-elle.

Elle se leva avec effort, et tendit les bras à sa cadette. Les deux jeunes femmes s'étreignirent avec chaleur.

— Tu es enfin là ! Je suis heureuse de te voir ! dit Lou. Comment vas-tu ? demanda-t-elle en reculant un peu pour regarder sa sœur.

— Très bien ! répondit celle-ci d'un ton rassurant, frappée par la fragilité de Lou.

— Je suis désolée, reprit sa sœur, je n'ai pas eu le courage de te préparer un repas. J'ai fini de ranger la vaisselle, puis je me suis allongée... Tu dois mourir de faim !

— Ne t'inquiète pas ! J'ai eu le temps d'avaler un sandwich avant de monter dans le car. Repose-toi ! Grand-Père est là ?

— Non, il est parti faire des courses avec Nancy. Ils devraient rentrer bientôt... Scott ne va pas tarder non plus, j'espère.

— Allez, dodo ! lança Laura. Je vais voir les chevaux. À tout de suite !

Elle attrapa sa vieille veste suspendue au porte-manteau de l'entrée, enroula une écharpe autour de son cou et sortit. L'air froid lui piqua les joues. Elle prit une profonde inspiration. Le ranch désert et calme la mettait étrangement mal à l'aise. Elle traversa la cour en direction des écuries. Constatant que la porte de la réserve était ouverte, elle s'en approcha...

Ted était là ! Il lui tournait le dos, en train de remplir les seaux de rations. Le cœur de Laura bondit dans sa poitrine. Elle s'adossa au chambranle.

— Bonjour ! murmura-t-elle.

Ted pivota sur ses talons. À la vue de Laura, il lâcha le seau qu'il tenait à la main et se précipita vers elle. Blottie dans ses bras, Laura se demanda comment elle avait pu douter une seconde des sentiments de Ted. Ils échangèrent un long baiser, puis le jeune homme passa un bras autour de la taille de Laura et l'entraîna vers les écuries.

— Je te fais faire un tour de la propriété ? proposa-t-il avec un grand sourire.

Laura opina, comblée par cet accueil. Ted lui présenta les pensionnaires, et expliqua la raison de leur séjour à Heartland.

— Tu ne peux pas imaginer combien

Carly nous est précieuse ! dit-il. Elle est douée, cette fille, et elle apprend vite. Je lui ai confié le soin d'un cheval, et elle s'en est très bien sortie. J'étais bluffé !

Laura sourit. Cela ne l'étonnait pas. Dès la première rencontre avec la jeune palefrenière, elle avait pu apprécier son sens de l'observation, sa patience et sa douceur. Même si, parfois, l'enthousiasme de la jeune fille l'emportait sur sa raison... Mais c'était une question de maturité et d'expérience, Laura le savait maintenant.

— Depuis qu'elle est partie, on a du mal ! soupira Ted. Je me mets en quatre pour tout faire. J'ai dû laisser certaines choses de côté pour parer au plus pressé. Et encore, nous n'avons pris aucun nouveau pensionnaire ! Tous les chevaux sont en fin de traitement, ou attendent de rentrer chez eux.

— Ah bon... lâcha Laura, déçue.

Bien sûr, elle pouvait compter sur Scott pour se perfectionner pendant ces vacances. Mais que serait un séjour à Heartland sans chevaux à soigner ?

— Je comprends ta déception, Laura, reprit Ted. On a essayé de gérer ça au mieux avec Lou. Carly avait drôlement besoin de se reposer, tu sais ! Et on s'est dit que tu aurais assez de travail avec Scott...

— Vous avez eu raison, s'empressa d'affirmer Laura. Carly est partie au Canada ?

— Oui, en Alberta. Elle n'avait pas vu ses parents depuis huit mois !

Laura décida de faire bonne figure. Elle sourit à son petit ami :

— C'est très bien comme ça, Ted. Ça me laissera le temps de m'occuper de Grand-Échalas !

Ted eut l'air embarrassé.

— Hum... Eh bien... Justement, je voulais t'en parler. Grand-Échalas est au vert. On l'a sorti pour qu'il vive un peu à la dure avant le printemps. Il avait besoin de se revigorer au grand air. On a prévu de le rentrer en avril ou en mai.

Laura se mordit les lèvres. C'était une pratique courante avec les jeunes chevaux, le moyen le plus naturel pour qu'ils deviennent résistants et se fortifient... Mais pourquoi ne lui avait-on pas demandé son avis ? Elle sentit les larmes lui monter aux yeux :

— Pourquoi tu ne m'as rien dit, Ted ?

— Parce qu'on ne peut pas te consulter chaque fois qu'il faut prendre une décision pour un cheval, Laura.

— Comment ça ? répliqua la jeune fille, piquée au vif. Grand-Échalas est *mon* cheval, et je trouve inadmissible que tu n'aies pas pris la peine de m'en parler !

Il y eut un silence. Ted se balançait d'un pied sur l'autre, les mains enfoncées dans ses poches. Un pli barrait son front. Laura remarqua ses cernes, et soudain elle s'en voulut : ils venaient à peine de se retrouver, et voilà qu'elle se disputait avec lui ! Ted avait d'énormes responsabilités, et elle ne pouvait exiger de lui qu'il soit parfait en tout point.

Elle fit un pas vers son petit ami :

— C'est bon, Ted. Excuse-moi... Je suis un peu déçue, c'est tout !

Comme le palefrenier se taisait, elle ajouta :

— Je te fais confiance, je sais que tu as pris la meilleure décision. N'en parlons plus, tu veux bien ?

Ted hocha la tête, et sembla se détendre.

— Tu as envie de voir les autres chevaux ? proposa-t-il.

— J'ai surtout envie de voir Grand-Échalas. Tu ne m'en veux pas ?

— Je t'en prie ! s'exclama Ted avec un grand sourire. Pour cette fois, je ne te ferai pas de scène de jalousie, promis !

Il la regarda, une lueur de complicité dans les yeux.

Laura lui rendit son sourire et s'élança vers les enclos. Son poulain se tenait immobile dans le paddock le plus proche. Il avait le poil tout ébouriffé, et paraissait déjà forci. « Il est magnifique ! » songea la jeune fille. En l'apercevant, le poulain hennit et s'avança jusqu'à la clôture. Laura enfouit son visage dans sa crinière et emplit ses poumons de la bonne odeur de la robe humide. Grand-Échalas lui souffla dans le cou avec un petit grognement de plaisir.

— Je suis si heureuse de te voir ! lança Laura, les yeux brillants de joie.

En guise de réponse, le poulain fit un pas de côté et détala vers le centre du paddock. Puis il revint vers elle, les naseaux frémissants. Laura fouilla dans les poches de sa veste.

— Tiens ! dit-elle en lui tendant une pastille à la menthe, un peu collante et toute sale.

Grand-Échalas la happa sans se faire prier. Laura éclata de rire et l'embrassa sur le chanfrein.

Quand il se fut remis à caracoler dans le paddock, elle se dirigea vers la maison. Lou avait peut-être besoin d'elle, et elle commençait à avoir faim...

En entrant dans la cuisine, elle découvrit Nancy, déjà aux fourneaux, et Grand-Père, qui, assis à la table, épluchait des oignons. Une bonne odeur flottait dans la pièce.

— Laura ! s'exclama Jack Bartlett. Quel plaisir de te revoir !

Elle planta un baiser sur sa joue puis alla embrasser Nancy.

— Comment vas-tu, ma grande ? demanda cette dernière. Et tes études ?

Laura s'assit et se mit à raconter son tri-
mestre. Elle s'animait au fur et à mesure,
heureuse de retrouver l'ambiance chaleu-
reuse de Heartland. Le petit coup de blues
qui avait suivi son arrivée était oublié ; elle
était enfin chez elle !

Elle allait demander des nouvelles de
Lou quand la porte s'ouvrit. Scott entra, le
visage rosi par le froid.

— Salut, Laura ! lança-t-il. Comment va
ma future collègue ? Prête à m'assister ?

— Tout de suite, si tu veux ! répondit
Laura.

— Tu viens chercher Lou ? demanda
Grand-Père.

— Oui. Je la ramène à la maison. Elle a
besoin de repos.

— Elle t'attend dans le salon, l'informa
Nancy.

— Laura, je t'appelle demain ! promit
Scott.

Après le départ du jeune couple, Laura
songea que, sans Lou et Carly, le ranch
serait bien vide. Elle n'aurait même pas de
cheval à soigner ! Dans ces conditions, il

lui serait plus facile de suivre Scott dans ses tournées. Elle était libre comme l'air ! Et cela lui faisait tout drôle...

❦ 3 ❦

Le lendemain matin, Laura se leva tôt :
elle avait prévu d'aider Ted. Grand-Père et
Nancy dormaient encore. Elle sortit de la
maison sur la pointe des pieds.

Une bouffée d'air vif acheva de la réveil-
ler. Elle traversa la cour et s'arrêta sur le
seuil des écuries. Ted était en train de
harnacher Sundance, le poney de Laura.
Harlequin, un hongre arrivé récemment,
attendait, bien sage, à ses côtés.

— Tu as déjà fini de distribuer les
rations ? souffla Laura, étonnée.

Elle qui comptait donner un coup de
main à son ami... C'était raté ! Ted se
tourna vers elle et la regarda, l'air amusé :

— Déçue ? Alors, je suppose que tu

auras envie d'une balade à cheval... Est-ce que je me trompe ?

Laura hocha la tête, réjouie :

— Tu es un amour de garçon, Ted !

Elle s'approcha de son poney. Ted essayait de lui enfiler son licol, mais chaque fois Sundance le repoussait avec ses naseaux.

— Hé ! Ça va ! grommela le palefrenier. J'ai compris, je m'en vais !

Laura éclata de rire et ébouriffa la crinière du poney. Il avait l'air si content de la revoir ! Et la perspective d'une promenade n'était pas pour lui déplaire...

Elle ajusta ses étrivières pendant que Ted s'occupait du hongre.

— Qu'est-il arrivé à Harlequin ? demanda-t-elle.

— Une chute sur un obstacle, lors d'un concours. Il a perdu confiance en lui au point de refuser d'entrer dans n'importe quel manège... Et pas question de le faire sauter, bien entendu ! C'est Carly qui s'est chargée de lui, et elle s'en est très bien sortie. Hier, il a fait un sans-faute, dans le manège d'entraînement.

— C'est vrai qu'il a l'air en pleine forme, commenta Laura.

— Il a de l'énergie à revendre ! Il a passé presque trop de temps au repos... Un petit galop à travers la campagne lui fera le plus grand bien.

Laura observa Harlequin :

— Il me rappelle Ashia, une jument dont je me suis occupée avec Will, à l'école.

— Will ? Qui est-ce ?

— Un étudiant avec qui j'ai travaillé en binôme. Un garçon très sympa. Il ne s'y connaît pas beaucoup en chevaux, mais c'est un passionné. Il va faire son stage en Arizona, et...

— C'est toi qui as choisi de travailler avec lui ? l'interrompit Ted d'un ton sec.

Laura releva la tête, étonnée :

— Heu... oui et non... On se réunit par spécialité. Ça se décide assez naturellement, tu sais...

— Assez naturellement ! répéta Ted, sarcastique.

— Hé ! Tu ne vas quand même pas me faire une scène de jalousie ! Will est un camarade de promo, c'est tout ! Je l'ai envoyé promener quand il m'a invitée à la soirée de fin d'année de l'école !

— Ah ! Parce qu'il t'avait invitée, en plus... Tu ne m'en as pas parlé !

Les yeux du jeune homme lançaient des éclairs. « C'est bien une scène de jalousie ! » pensa Laura.

— Je ne t'en ai pas parlé parce que ça ne comptait pas pour moi ! déclara-t-elle.

Elle se tut, à court d'arguments : la réaction de Ted la stupéfiait. Le palefrenier lui tourna brusquement le dos pour sangler Harlequin.

— Ted ! s'écria-t-elle. Tu ne peux quand même pas me reprocher d'avoir des camarades ! Tu préférerais que je vive isolée ! C'est bien toi qui m'as dit à Noël qu'il était important d'avoir une vie sociale, non ? Tu as bien ta bande de copains, toi !

— Ça n'a rien à voir, prétendit Ted.

— Comment ça ? demanda Laura, abasourdie.

— Parce que mes copains, eux, peuvent devenir aussi les tiens !

— Pourtant, le soir du réveillon, tu es

sorti sans moi ! rétorqua Laura d'un ton amer.

Cette dernière remarque lui avait échappé. « À quoi bon reparler de cette vieille histoire ? » songea-t-elle.

— J'ai été maladroit, reconnut Ted. Je croyais que mes amis ne t'intéresseraient pas...

— C'est faux ! s'indigna Laura. Comment peux-tu penser ça de moi ?

Ted baissa les yeux, gêné :

— J'ai eu peur que tu ne les trouves ennuyeux.

— Oh, Ted ! s'exclama Laura. J'adore-rais les rencontrer. Tu ne m'as jamais raconté comment tu avais fait leur connaissance.

— Par un ancien copain du lycée, qui travaille maintenant à Meadowville. Il m'a recontacté, et on a pris l'habitude de se réunir avec d'autres.

Ted était à présent plus détendu. Laura comprit que son petit ami manquait de confiance en lui.

— Je suis contente que tu les voies, figure-toi !

Elle était sincère. La vie au ranch était assez dure, surtout en hiver. Au froid et aux conditions de travail difficiles s'ajoutait le fait que les visites étaient rares. On s'y sentait vite coupé du monde !

Ted s'anima :

— On se retrouve ce soir au *Mexican*. Tu veux venir ?

— Bien sûr !

Laura était aux anges. Depuis le temps qu'elle espérait être invitée !

— Affaire conclue ! lança Ted.

Il la regarda en souriant et mit un pied à l'étrier. Laura l'imita et talonna Sundance. Elle eut du mal à le maintenir au pas. Le poney ne cessait de lever et de baisser sa tête, impatient de galoper.

— Ho ! Doucement ! tenta de le calmer Laura.

— Il manque d'exercice, commenta Ted. Carly et moi, on a de trop grandes jambes pour lui !

— Parce que, moi, j'ai de toutes petites pattes ? pouffa Laura.

Ted la rejoignit, et ils chevauchèrent côte à côte.

— Toi, tu as l'habitude. Tu le montes depuis des lustres !

— Ça, c'est vrai ! reconnut Laura.

Elle avait toujours du plaisir à monter Sundance. Mais il était à présent beaucoup trop petit pour elle. C'était pour cette raison que, l'été dernier, elle avait demandé à Lou de garder Grand-Échalas. Si fougueux et doux à la fois, il l'avait séduite...

Le sentier grimpait vers les collines. Laura secoua légèrement les rênes de Sundance. Celui-ci partit ausitôt au galop. La jeune fille éclata de rire. Ses cheveux lui balayaient le visage. Se relevant en cadence dans la selle, elle accompagnait l'allure régulière de son poney. « Quel bonheur de chevaucher au grand air ! » Le soleil brillait au-dessus des collines, et les prés alentours scintillaient. La gelée matinale fondait par endroits, et Laura put remarquer les minuscules pousses vertes sur les branches des arbres. « Le printemps arrive ! » se dit-elle. Elle repensa à Huten, son vieil ami indien[1]. Il lui avait appris que le printemps commençait dès la fin du mois de janvier, et non en mars... En apercevant des touffes de jonquilles au bord du talus, elle se tourna sur sa selle pour les montrer à Ted. Il lui sourit. Lui aussi semblait heureux de cette balade. « C'est la meilleure façon de retrouver notre ancienne complicité », songea Laura.

Ils longèrent le sommet de la colline, puis revinrent au trot par un autre sentier.

Ce n'est qu'à l'approche du ranch que Sundance ralentit l'allure. Une fois dans la cour, Laura mit pied à terre et caressa l'encolure de son poney. Celui-ci la poussa des naseaux comme pour lui signaler qu'elle avait oublié quelque chose. Elle lui tendit des noix en riant :

— Tiens, gros gourmand !

Puis elle s'adressa à son petit ami :

— Il a une de ces pêches ! J'ai l'impression qu'il pourrait encore galoper des heures !

1. Lire, du même auteur, dans la même collection, *Le messager de l'espoir*, t. 9.

— C'est le cas ! dit Ted en dessellant Harlequin. Il faudrait trouver un cavalier disponible qui le monterait une ou deux fois par semaine. Un lycéen, par exemple...

— Il n'en est pas question ! répondit Laura, qui n'acceptait pas l'idée qu'une personne étrangère au ranch la remplace. Il pourrait lui donner de mauvaises habitudes, surtout si c'était quelqu'un d'inexpérimenté.

— De bons cavaliers, ça existe, tu sais ! insista Ted. Il faut juste en choisir un qui ne serait pas trop grand pour lui...

Comme Laura ne disait rien, il ajouta :

— Sundance a besoin d'être monté, sinon il se sentira malheureux. Tu te souviens de Caroline et de Maverick[1] ?

— Oui, mais dans mon cas ce n'est pas la même chose, répondit Laura d'un ton plus vif qu'elle n'aurait voulu. Caroline a dû accepter que quelqu'un d'autre monte son cheval, car elle quittait le ranch défi-

1. Lire, du même auteur, dans la même collection, *Le courage de partir*, t. 18.

nitivement. Pas juste pour une année scolaire...

Ted la fixa un instant avec intensité. Laura connaissait bien ce regard. Son petit ami avait le don de lire dans ses pensées. Elle détourna la tête. Le palefrenier ne fit aucun commentaire, mais son silence en disait long sur ce qu'il pensait. Il lui reprochait de s'accrocher trop à Sundance. « Suis-je égoïste ? » se demanda Laura.

— Réfléchis bien, fit Ted au bout d'un moment. Tu ne voudrais pas que Sundance ait de nouveau des problèmes de santé, je suppose...

Laura ne répondit pas – il avait raison. Sundance, parce qu'il avait été délaissé, avait souffert de graves coliques, et il s'en était fallu de peu qu'il ne meure[1].

Puisque c'était comme ça, ce cavalier, elle allait le choisir elle-même ! Elle avait encore deux semaines pour y réfléchir.

Ted attrapa les rênes d'Harlequin et s'éloigna sans un mot vers les écuries. « Il

1. Lire, du même auteur, dans la même collection, *Souviens-toi, Laura*, hors-série.

pourrait faire un effort pour me comprendre ! pensa Laura. Il se comporte comme
si j'étais devenue étrangère au ranch... »

 *4*

Laura s'était refugiée dans la sellerie, où elle graissait les étrivières tout en réfléchissant à la tenue qu'elle mettrait le soir pour sa sortie avec Ted. Elle était un peu inquiète : rencontrer les copains de son petit ami l'intimidait, et elle ne voulait surtout pas le décevoir. Elle sursauta quand son portable sonna. « Soraya », lut-elle sur son écran.

— Salut, ma belle ! lança la voix de sa meilleure amie. Alors, de retour au bercail ?

— Comme tu vois ! Ça va ?

— La forme ! Ça te dirait, un ciné, ce soir ?

— Je ne peux pas. Ted m'a proposé de

sortir avec sa bande. C'est une grande première...

— Dommage ! soupira Soraya. J'ai une
tonne de choses à te raconter !

Laura, qui connaissait son amie par
cœur, devina que Soraya brûlait d'envie de
se confier.

— Vas-y ! l'encouragea-t-elle.

— Je suis amoureuse ! s'exclama Soraya.

— Non ?!

Laura était sidérée. Pas plus tard qu'à
Noël Soraya avait rompu avec Matt qu'elle
fréquentait depuis presque six ans. C'était,
avait-elle prétendu, pour mieux se consacrer à ses études. Et voilà qu'elle l'avait
remplacé ! Laura ressentit un léger pincement au cœur. Elle avait cru que la rupture
de ses amis n'était que temporaire. Elle-
même espérait tant que Ted et elle surmon-
teraient les problèmes provoqués par son
absence...

— Il s'appelle Anthony, poursuivit
Soraya. Il est beau comme un dieu ! Je suis
folle de lui, tu ne peux pas imaginer !

Laura imaginait très bien...

— Tu l'as rencontré où ?

— Au conservatoire. Il est en section jazz. C'est un tromboniste, il joue dans un orchestre.

— Waouh ! fit Laura tout en se demandant si Matt était au courant.

La question lui brûlait les lèvres.

— Tu as des nouvelles de Matt ? finit-elle par lâcher.

— Matt ?

Prise au dépourvu, Soraya se tut un instant. Puis elle répondit avec insouciance :

— Plus ou moins. Je ne lui ai pas parlé depuis longtemps. D'après son dernier e-mail, il est très pris par ses cours et la préparation des examens de fin d'année.

Laura écoutait sans rien dire. Peut-être que Matt avait fait une rencontre, lui aussi ?

— Bon, on remet notre ciné à plus tard ? enchaîna son amie d'un ton enjoué. Je suis là pour une semaine

— D'accord, répondit Laura.

Elles décidèrent de se rappeler dès le lendemain.

Après avoir raccroché, Laura resta pensive un moment. La vie était donc aussi simple que cela ? Des couples se séparaient, d'autres se formaient... Elle secoua la tête. Non, elle voulait croire que la rupture n'était pas une solution. Pourquoi ne pas essayer de dépasser les difficultés ?

Elle décida qu'il était grand temps de se préparer pour sa soirée. Il fallait que Ted soit fière d'elle !

Elle ouvrit son armoire et choisit un top de couleurs vives et une jupe courte. Elle lorgna avec regret sur son jean, faillit changer d'avis, se ravisa... Elle devait faire bonne impression aux amis de Ted.

Elle se rendit compte avec surprise qu'elle avait le trac. Se joindre à une bande de garçons et de filles qu'elle ne connaissait pas, mais qui comptaient aux yeux de son petit ami, ce n'était pas rien !

Elle hésita entre ses baskets et ses chaussures à talons, et opta pour ces dernières.

Quand elle grimpa dans la camionnette et s'installa à côté de Ted, il lui jeta un bref coup d'œil sans faire de commentaire. Elle s'efforça d'afficher un sourire décontracté.

Ce n'est qu'en entrant au *Mexican* que Laura comprit qu'elle s'était trompée. Le bar était branché, mais pas snob, et les jeunes qui s'y trouvaient portaient des jeans et des baskets. À son arrivée, plusieurs regards se tournèrent vers elle. Elle balaya la salle des yeux. Un petit groupe jouait au billard, tandis qu'un autre discutait au bar. Quelques danseurs évoluaient sur la piste, un peu plus loin.

Laura prit une profonde inspiration, essayant de se détendre. C'était le genre de lieu qu'elle aimait ; pourtant, aujourd'hui, elle se sentait décalée. Elle était trop bien habillée !

Ted fit les présentations. Laura tenta de se joindre aux conversations, mais ce n'était guère facile. Les jeunes gens se fréquentaient depuis longtemps, et ils évoquaient des anecdotes inconnues de Laura. Au bout d'un moment, elle s'éloigna d'eux et se mit à observer les danseurs. C'est alors qu'elle remarqua une fille aux cheveux blonds et courts qui s'avançait vers Ted. L'instant d'après, elle l'entraînait sur la piste de danse ! Ted chercha du regard

Laura, mais elle resta dans l'ombre, figée. Jamais elle n'avait songé que Ted pouvait danser avec d'autres filles qu'elle ! Chaque fois qu'elle l'imaginait au café avec sa bande, c'était en train de boire un verre, ou de faire une partie de billard entre hommes... Curieusement, elle se sentit trahie. Qui était cette fille ? Jamais Ted n'avait mentionné de copine proche dans son groupe.

— Elle s'appelle Heather, chuchota une voix derrière elle.

Laura fit volte-face. Miranda, une fille que Ted lui avait présentée au début de la soirée, se tenait derrière elle, la fixant avec un grand sourire. Laura s'efforça de prendre un air indifférent ; en vain. Elle se sentait horriblement mal à l'aise.

— Comme tu vois, elle en pince pour Ted ! poursuivit la fille.

Laura se contenta de hocher la tête, suffoquée. Elle devait sauver la face.

— Mais tu n'as pas de souci à te faire, reprit Miranda. Tout le monde sait que Ted est casé !

Elle avait prononcé le mot « casé » avec

ironie, et Laura cilla. Au même instant, son portable sonna. Elle en profita pour sortir.

— Laura ! Ça va ? C'est Will !

En entendant la voix du jeune homme, Laura éprouva un grand plaisir. C'était bon qu'un ami l'appelle juste à ce moment ! Elle se sentait si seule, et si déroutée par les remarques de Miranda...

— Salut, Will ! lança-t-elle. Alors, raconte ! Ça va comme tu veux ?

— C'est génial ! Tu ne peux pas t'imaginer ! Les gens ici sont formidables. Le ranch est immense, je n'avais jamais vu autant de chevaux et de bétail ! Ils sont tous passionnés, et très sympas. Le paysage est magnifique : des plaines à perte de vue, avec une lumière incroyable.

— Waouh !

— Oui, comme tu dis ! Et toi ? Tu dois être heureuse d'avoir retrouvé ta famille, tes amis, tes chevaux...

Laura ne répondit pas tout de suite. Elle ne tenait pas à ce qu'il perçoive sa déception.

— Oui, bien sûr, dit-elle enfin.

Puis elle ajouta :

— Je suis contente que ça se passe bien pour toi, Will !

Il y eut de nouveau un silence, puis son ami répondit :

— Ça pourrait se passer encore mieux, dit-il au bout d'un moment. En fait, je me sens un peu seul... Ils se connaisssent tous, ici, ce n'est pas évident de s'intégrer.

Laura l'écoutait, émue. C'était exactement ce qu'elle ressentait, ce soir ! Elle repensa à la fille qui était en ce moment même pendue au cou de Ted sur la piste de danse.

— Je te comprends, murmura-t-elle.

Elle se mordit les lèvres, ne voulant pas en dévoiler plus à Will.

Elle entendit la porte du bar s'ouvrir et vit Ted s'avancer vers elle.

— Je dois raccrocher, dit-elle avec précipitation. À bientôt, Will !

Et, sans attendre sa réponse, elle éteignit son portable.

— C'était qui ? demanda Ted, intrigué.

Laura allait répondre quand elle se rendit compte qu'elle risquait d'attiser sa jalousie. Alors, sans réfléchir, elle lança :

— Grand-Père ! Il voulait savoir s'il fallait qu'il vienne me chercher.

— Je peux te ramener, si tu veux, lui proposa Ted.

Mal à l'aise, il se balançait d'un pied sur l'autre et n'osait pas la regarder dans les yeux. Pour Laura, il n'y avait aucun doute : il préférait poursuivre la soirée avec ses amis.

À cet instant, la silhouette d'Heather se profila dans l'encadrement de la porte.

— Ted ? appela-t-elle.

— J'arrive ! répondit le palefrenier.

Laura pâlit. Qu'y avait-il entre Ted et cette fille pour qu'elle le poursuive ainsi ? Ted se tourna vers Laura. En voyant son expression, il toussota, gêné.

— Ne va pas imaginer des choses, s'empressa-t-il de dire. Il n'y a rien entre Heather et moi. Elle me court après, je n'y peux rien !

Laura se souvint de leur discussion à propos de Will. Elle n'allait tout de même pas se montrer bêtement jalouse !

— Alors, c'est comme pour moi et Will, dit-elle.

Ted ne répondit pas. Il semblait réfléchir.

— Oui, peut-être, dit-il enfin. Tu sais, Heather aimerait travailler à mi-temps à Heartland. Elle est réceptionniste à la clinique vétérinaire de Scott... Elle pourrait concilier les deux boulots.

Laura se taisait, essayant de digérer au fur et à mesure les informations qui lui tombaient dessus. Ted interpréta son silence comme un encouragement.

— J'ai... j'ai pensé lui demander de monter Sundance, poursuivit-il. Elle n'est pas très grande, et surtout elle fait du cheval depuis toujours.

« Ben voyons ! songea Laura. Il ne manquerait plus que ça ! Plutôt mourir que de la laisser toucher à mon poney ! »

Cependant elle fit un effort pour cacher ses sentiments. Après tout, Heather n'intéressait pas Ted, il le lui avait dit. C'était donc à elle, Laura, de se montrer intelligente. Elle prit un air indifférent.

Pendant une minute, un silence gêné

persista entre eux. Laura commençait à avoir froid : l'air était humide, et elle avait laissé sa veste dans le bar. Il lui tardait de rentrer ; elle en avait assez vu et entendu pour aujourd'hui. Elle avait besoin de se retrouver seule pour réfléchir...

La porte du bar s'ouvrit de nouveau. Des éclats de voix et des bribes de musique jaillirent dans la pénombre. Puis une voix s'éleva :

— Laura ? Je rentre ! Tu veux que je te ramène ?

Miranda s'approcha d'eux. Laura regarda Ted, qui baissa la tête.

— Oui, je veux bien, dit-elle.

Ted ne broncha pas.

— C'est sur mon chemin, ajouta Miranda. Je travaille, demain. Je dois aller me coucher...

Laura se dirigea vers le bar, lançant au passage un coup d'œil à son petit ami. Il ne disait toujours rien, mal à l'aise.

— Je vais chercher ma veste, et j'arrive, lança-t-elle.

La fumée des cigarettes lui piqua les yeux quand elle pénétra dans la salle ; la

55

musique lui agressait les oreilles. Elle prit ses affaires et salua de loin les amis de Ted. Ils lui répondirent par un petit signe de la main. Laura chercha du regard Heather. Elle la vit accoudée au bar en compagnie d'un jeune homme qu'elle n'avait pas remarqué auparavant. L'ignorant, elle quitta le bar.

La voiture de Miranda l'attendait devant la porte. Elle s'installa sur le siège à côté de la jeune fille, et celle-ci démarra. Par bonheur, la radio s'enclencha aussitôt sur un programme de musique, et Laura ne se crut pas obligée de faire la conversation.

Elle regarda les arbres bordant la route défiler dans la lumière des phares. Elle était trop fatiguée pour penser. Un immense sentiment de solitude l'envahit. Elle songea à Will, à son humour et à sa bonne humeur. Oui, son ami lui manquait.

Elle se sentit coupable, et se demanda si c'était ce qu'éprouvait Ted, ce soir, à cause de Heather...

❦ 5 ❦

Laura sortait de la douche quand elle entendit le téléphone. Elle ne se précipita pas, songeant que Grand-Père décrocherait. Mais, à la dixième sonnerie, elle comprit qu'elle était seule dans la maison. « Où diable sont-ils tous partis ? » maugréa-t-elle en enfilant un peignoir. Elle courut jusqu'au bureau, et en traversant la cuisine jeta un œil sur la grosse horloge. Sept heures ! Un appel aussi insistant à cette heure-là ne pouvait signifier qu'une urgence.

— Allô ?

— Laura ! Ah ! Quand même ! Je me demandais si tu finirais par répondre.

Lou ! Il n'y avait qu'elle pour appeler de si bonne heure... Même enceinte, sa sœur continuait de se lever aux aurores. Laura poussa un soupir.

— J'étais sous la douche ! grommela-t-elle.

— Oh, désolée ! Ça te dirait de faire du shopping avec moi aujourd'hui ? Si le travail au ranch t'en laisse le temps, bien sûr.

— Du temps, j'en ai à revendre ! déclara Laura.

— Alors, je passe te prendre !

Laura monta se préparer, trop heureuse de s'échapper quelques heures de Heartland. Le ranch lui paraissait vide, et elle avait du mal à s'habituer à ce calme. Et puis elle préférait éviter Ted ce matin. Les événements de la veille lui avaient laissé un goût d'amertume. Elle avait besoin d'y réfléchir...

Lou arriva une demi-heure plus tard. Elle avait l'air reposé, et semblait en meilleure forme que l'avant-veille. Laura n'en fut pas surprise : elle connaissait assez sa sœur pour savoir qu'avec elle c'était tout ou rien. Soit elle était d'une énergie débordante, presque agaçante pour les autres, soit elle se retrouvait tout à coup au trente-sixième dessous. Mais cela ne durait jamais longtemps. Lou avait une faculté de récupération impressionnante !

Malgré son gros ventre, elle entraîna sa sœur d'une boutique à l'autre. Elles visitèrent ainsi plusieurs magasins de vêtements pour femme, mais surtout ceux de puériculture. Lou s'émerveilla devant de minuscules bodys, les tournant dans tous les sens pour comprendre comment ça s'enfilait.

Elle était aux anges, et s'extasiait sur tout et n'importe quoi.

Elle finit par choisir deux petites robes – l'échographie avait révélé que le bébé était une fille –, trois pyjamas et quelques bodys premier âge. Laura ne résista pas : elle ajouta une paire de chaussons.

— Je t'invite à déjeuner ! déclara Lou quand elles eurent quitté la dernière boutique.

— Invitation acceptée !

Laura observa sa sœur : elle était plus resplendissante que jamais.

Elles choisirent un endroit calme dans un petit restaurant, près d'une fenêtre. Un rayon de soleil avait percé la couche de nuages, égayant la rue piétonne et les devantures alentour.

Soudain, Lou posa la main sur son ventre.

— Il bouge ? demanda Laura.

— Donne-moi ta main !

Lou saisit la main de sa sœur et l'appuya contre son ventre. En sentant un léger frisson sous sa paume, Laura ouvrit des yeux ronds.

— Je l'ai senti ! s'exclama-t-elle.

Lou hocha la tête, amusée :

— Moi aussi, crois-moi ! Il y a des nuits où il m'empêche de dormir...

Laura la regarda avec émotion :

— C'est formidable, Lou. Vous serez des parents merveilleux, toi et Scott.

Sa sœur prit un air mystérieux :

— Je vais te confier un secret, Laura. Nous avons déjà choisi son prénom.

— Dis-moi !

— Elle s'appellera Holly Marion.

Marion, comme leur mère... Laura sentit les larmes lui monter aux yeux, et pendant un instant, elle fut incapable de parler. Les mots restaient coincés dans sa gorge. Lou lui serra la main.

— Maman serait drôlement fière, finit par articuler Laura.

— Elle l'est, j'en suis sûre, murmura Lou.

Elle avait le regard embué, et fixait un point invisible dehors.

— Où qu'elle soit aujourd'hui, elle l'est ! répéta-t-elle.

Quand la serveuse arriva avec une assiette de petits sandwiches et du thé parfumé, Lou laissa échapper un soupir gourmand.

— J'ai une faim de loup ! s'exclama-t-elle en se jetant sur la nourriture.

— Scott te fait la cuisine, quelquefois ? l'interrogea Laura, qui savait que Lou était une piètre cuisinière.

— Oui ! Il n'arrête pas. Il est aux petits soins pour moi ! Figure-toi qu'il m'appelle quatre fois par jour pour me demander des nouvelles.

— C'est incroyable, commenta Laura. Jamais je n'aurais imaginé qu'un homme puisse être si peu égoïste !

Lou se contenta de sourire et hocha la tête.

— Il y en a qui ont de la chance ! reprit Laura.

Elle avait voulu lancer cette remarque sur un ton de boutade, mais elle avait parlé avec amertume. Lou haussa un sourcil :

— Comment ça va avec Ted ?

Laura se mordit les lèvres : jamais elle n'avait évoqué ses problèmes de cœur avec sa sœur. Mais aujourd'hui, pour la première fois, elle avait envie de se confier à elle.

— Moyen, avoua-t-elle. Je ne sais pas trop quoi en penser, à vrai dire...

Elle n'osait pas regarder Lou : elle savait que ses yeux trahiraient sa tristesse et son désarroi. Et Lou avait autre chose à faire en ce moment que consoler sa sœur !

— Les choses peuvent changer, maintenant que tu es étudiante, affirma Lou. C'est normal, tu sais. À la fac, tu rencontres d'autres personnes, tu découvres d'autres façons de vivre et de penser...

Laura sursauta. Elle dévisagea sa sœur,

choquée. Lou était-elle en train de suggérer qu'elle et Ted pourraient rompre ?

En voyant sa réaction, Lou parut gênée :

— Enfin, peut-être que vous avez juste besoin de lever le pied, pour savoir où vous en êtes, tous les deux. C'est parfois un bon moyen de faire le point quand on s'égare.

Laura se sentait comme si on lui avait asséné un coup sur la tête. Une pause dans leur relation ? Lou n'y pensait pas ! Ted et elle ne se passaient pas l'un de l'autre depuis six ans. Comment songer à la fin de cette relation du jour au lendemain pour « faire le point » ? Le point sur quoi ? Ted et elle traversaient une crise, c'est tout. Et ce n'est pas parce que Soraya et Matt s'étaient séparés, ni parce que sa sœur avait quitté Carl, son petit ami de fac, qu'elle prendrait la même décision.

— Chaque histoire est différente, finit-elle par dire. Tu te souviens de ce que disait maman ? On a tous un chemin à suivre, et il est unique...

Lou ne répondit pas. Elle regarda sa sœur cadette avec un sourire réconfortant. Laura lui en fut reconnaissante ; elle ne se sentait pas le courage de continuer cette discussion.

Elles changèrent de sujet, et le déjeuner s'acheva dans une ambiance détendue. Une fois en voiture, Laura resongea à ce que lui avait dit Lou. Non, elle ne baisserait pas les bras aussi facilement ! Ted comptait pour elle, elle n'avait aucun doute là-dessus.

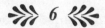 6

En arrivant au ranch, Laura constata que la camionnette de Ted n'était pas dans la cour. Elle alla voir Grand-Père, qui était dans la cuisine, en train de nettoyer du matériel.

— Où est Ted ? demanda-t-elle.

— Il est parti chercher des provisions, répondit Jack Bartlett. Tu veux boire un café ?

— Non, merci, je vais faire un tour aux écuries.

Elle monta se changer et redescendit, pour attendre le retour de Ted. Peut-être trouveraient-ils un moment à passer ensemble... Elle avait besoin de voir son petit ami, de lui parler.

Entre-temps, elle décida de se rendre utile.

Elle sella Bunny, une jument appaloosa sur le point de rentrer chez elle, et la mena dans le manège. Ted ne lui avait pas dit grand-chose à son sujet, excepté qu'elle s'était très bien remise d'une vilaine blessure. « Un peu d'exercice ne peut pas lui faire de mal », se dit Laura. À peine dehors, Bunny leva la tête et lança un hennissement de plaisir. Ses naseaux frémirent, et dès que Laura eut mis le pied à l'étrier, elle commença à caracoler, heureuse de retrouver l'air libre.

Laura se félicita de son initiative et fit exécuter quelques figures de base à la jument. Celle-ci répondit avec une telle joie que Laura passa aux obstacles, une série d'oxers installée au milieu du manège. Elle y engagea la jument, qui franchit les barres sans aucune difficulté.

— Laura ! Qu'est-ce que tu fais ? Arrête tout de suite ! lança une voix derrière elle.

Surprise, Laura stoppa Bunny et se retourna. À l'entrée du manège se tenait Ted. Il agitait le bras, furieux.

— Bunny ne doit pas sauter ! Elle peut juste marcher et trotter, c'est tout ! cria-t-il. Tu as perdu la tête ou quoi ?

— Comment veux-tu que je...

— Je te l'avais dit ! l'interrompit Ted. Bunny est en convalescence. Pas de mouvements violents !

— Je suis désolée, lâcha Laura, confuse.

Elle aurait dû consulter Ted avant de monter la jument. Lui seul connaissait les pensionnaires du moment et savait ce qui était bon pour eux.

— Les propriétaires de Bunny tiennent à s'occuper de sa rééducation eux-mêmes, poursuivit le palefrenier. Elle est encore fragile. Elle n'a pas fait d'exercice depuis longtemps, et tu la pousses à sauter !

Laura regarda son petit ami, sincèrement navrée.

— Je suis désolée, répéta-t-elle.

Mais il n'écoutait pas ses excuses. Ses yeux verts étincelaient. Il fulminait :

— J'espère que tu n'as pas tout gâché !

Laura mit pied à terre et examina les jambes de Bunny. L'antérieur gauche était chaud et gonflé. La jeune fille se mordit les lèvres. C'était sa faute ! Comment avait-elle pu à ce point manquer de discernement ?

Ted s'approcha et palpa la jambe enflée.

— C'est malin ! maugréa-t-il. Bon, je vais la masser au jet d'eau froide.

Sans un regard pour Laura, il attrapa les rênes et emmena la jument. Laura lui emboîta le pas.

— Il faut appeler ses propriétaires, reprit le palefrenier, et leur expliquer ce qui s'est passé.

— On n'est pas obligés de leur raconter la vérité, souffla Laura, honteuse. Tu peux dire qu'elle a aggravé sa blessure en galopant dans le paddock.

Ted s'arrêta et pivota sur ses talons. Il la regarda droit dans les yeux :

— Ben voyons ! Tu voudrais que je mente, maintenant ?

Laura devint écarlate. Elle détourna la tête, mal à l'aise. Elle se souvint du mensonge qu'elle avait fait à Ted la veille, en prétendant que c'était Grand-Père qui l'avait appelée, et non Will. Décidément, rien n'allait plus !

Ted attacha Bunny à un anneau fixé dans

le mur de l'écurie et se pencha sur sa jambe.

— On a de la chance, c'est moins grave que je ne pensais, finit-il par dire. Ça devrait désenfler assez vite. Si ça se trouve, les choses se seront arrangées quand ses propriétaires viendront la chercher, le week-end prochain.

— J'espère, dit Laura d'une toute petite voix.

Elle était dépitée : en voulant aider Ted, elle lui avait ajouté du travail ! Et, surtout, elle avait aggravé l'état d'un pensionnaire !

— Je suis désolée, Ted, dit-elle pour la troisième fois.

Le jeune homme ne répondit pas. Laura baissa la tête. Elle en avait gros sur le cœur : d'accord, elle avait commis une erreur, mais il aurait pu être plus indulgent. Elle se dirigea à pas lents vers la maison.

Pour se changer les idées, elle appela Soraya, qui l'invita à lui rendre visite.

Laura se dépêcha de mettre une tenue correcte, puis alla voir Jack Bartlett, qui partait rejoindre Nancy, et qui proposa de l'emmener.

— Comment va ton amoureuse ? demanda-t-elle, une fois en voiture.

— Très bien. Elle est toujours aussi occupée !

— Elle est formidable ! commenta Laura avec sincérité. Quelle chance que tu l'aies rencontrée ! À quand le mariage ?

Grand-Père rougit jusqu'aux oreilles, et marmonna, gêné :

— Hum... Je ne sais pas... Nous n'avons jamais abordé la question.

— Alors, qu'est-ce que tu attends ? lança Laura. Je suis sûre que cela lui ferait très plaisir... Et à moi aussi. Nancy est adorable, et elle nous apporte beaucoup à tous.

Ému, Grand-Père effleura la main de Laura. La jeune fille sourit, contente d'avoir osé parler de façon aussi directe. Ce n'était pas trop dans les habitudes de la famille, plutôt renfermée et secrète...

Elle pensa à son amoureux à elle. Parviendraient-ils à exprimer leurs sentiments l'un pour l'autre, sans jalousie ni aigreur ? Elle croisa les doigts. Elle le souhaitait de tout cœur. Elle en avait tant besoin.

 7

Au moment où Laura appuya sur la son-
nette, la porte d'entrée s'ouvrit à la volée.

— Entrez, très chère ! dit Soraya en
effectuant une grande révérence théâtrale.

Laura s'esclaffa :

— Salut, Soraya ! Quel accueil !

Son amie était toujours aussi drôle et
enjouée ! Elle avait une mine splendide :
pas de doute, elle était heureuse !

— Tu es superbe ! s'exclama Laura.

Elle était sincère. Soraya portait une longue jupe bleue qui ondoyait autour de ses
jambes, et son petit pull très court lui allait
particulièrement bien.

— C'est ma nouvelle tenue de scène !
expliqua-t-elle.

Elle tourna sur elle-même :

— Pas mal, hein ?

— Tu veux dire génial ! la complimenta Laura.

Elles s'assirent dans le canapé.

— Tu es seule ? demanda Laura.

— Oui. Mes parents rentreront tard. On a la soirée pour nous !

Elle attrapa sur l'étagère quelques cassettes vidéo.

— Regarde ces vieux films ! Je les ai dénichés hier à la discothèque... J'adore les revoir !

Alors que Laura en choisissait un, Soraya alla préparer un plateau de boissons fraîches et de pop-corn.

— On se passe celui-ci ? proposa Laura en tendant une cassette.

La bouche pleine, Soraya approuva d'un hochement de tête. Laura alla glisser la cassette dans le magnétoscope et vint se rasseoir à côté de son amie. Avec un soupir d'aise, elle se mit en boule et s'enveloppa dans une couverture.

— C'est parti ! déclara Soraya en appuyant sur le bouton de la télécommande.

Le film, qui dura un peu plus d'une heure, les captiva tant qu'elles n'échangèrent pas un mot. Quand le générique de la fin apparut, Laura déplia ses jambes, et Soraya fila à la cuisine remplir le bol de pop-corn.

La nuit était déjà tombée. Elles allumèrent, et Laura se laissa envahir par la douceur réconfortante de la soirée.

— Tu n'as pas une photo de ton bel amoureux ? demanda-t-elle.

— Eh non ! Mais j'espère que tu le rencontreras bientôt !

— Avec plaisir ! répondit Laura. En tout cas, l'amour te réussit ! Tu es resplendissante !

— Merci ! Je dois tant à Anthony ! Il est merveilleux...

Laura faillit éclater de rire. Puis elle songea qu'elle aimerait se sentir aussi légère et épanouie. Percevant une ombre de tristesse sur le visage de son amie, Soraya la regarda avec inquiétude :

— Et toi ? Ça va ?

— Oui, oui... répondit Laura.

Elle hésitait à s'ouvrir à Soraya. Non pas qu'elle n'eût pas confiance en son amie, mais parce qu'elle ne savait pas si elle devait prendre au sérieux les difficultés de sa relation avec Ted. Comme elle restait silencieuse, Soraya la relança :

— Hou-hou ! Laura ! Je vois bien que quelque chose ne va pas... Allez, raconte-moi ! Je ne suis plus ta meilleure amie ?

— Bien sûr que si ! La seule !

— Alors ? Qu'est-ce que tu attends ?

Laura se mordit les lèvres, regarda Soraya, puis se lança :

— Eh bien, ça ne va pas fort avec Ted. Il m'a invitée à sortir avec sa bande de copains hier soir, et ça s'est mal passé.

Soraya fronça les sourcils, intriguée.

— Comment ça ?

Laura lui relata l'épisode du bar, et lui fit part de ses craintes au sujet de Heather.

— Ted prétend qu'il n'est pas attiré par cette fille, dit-elle. Mais j'ai des doutes, moi.

Sentant les larmes lui monter aux yeux, elle détourna la tête.

Soraya s'approcha d'elle, et lui passa le

bras autour des épaules. Laura prit une profonde inspiration pour se ressaisir.

— Ce n'est pas tout, avoua-t-elle. J'ai rencontré à la fac un étudiant avec qui je m'entends très bien. Ted m'a fait une crise de jalousie à son sujet. Du coup, je n'ose même plus évoquer son nom.

— Vous êtes sortis ensemble ?

— Bien sûr que non ! On s'entend bien, c'est tout. Will est très gentil avec moi, ça s'arrête là.

— Alors, où est le problème ? s'exclama Soraya. Ted s'entend bien avec Heather, toi avec Will... Et après ? Tu ne crois pas que tu te compliques la vie ?

Laura secoua la tête : Soraya avait le don de tout dédramatiser, et c'était formidable. Mais, dans le cas présent, elle était persuadée que son amie avait tort d'être aussi légère.

— Non, Soraya, lâcha-t-elle. Ce n'est plus comme avant, entre Ted et moi, depuis que je suis à la fac. On n'arrive plus à se parler. Quelque chose a changé, et je n'arrive pas à savoir quoi...

Soraya se redressa et déclara d'un ton catégorique :

— C'est naturel, votre vie est différente ! Vous ne vous voyez plus tous les jours ! Mais pourquoi veux-tu que cela nuise à votre relation ? Vous devriez avoir encore plus de bonheur à vous retrouver, non ?

— Tu ne comprends pas, Soraya. Je me demande si on ne ferait pas mieux de se quitter... murmura Laura.

À sa grande surprise, Soraya leva les yeux au plafond, et poussa un cri de protestation :

— J'espère que tu plaisantes ? Vous quitter pour des broutilles ? Excuse-moi, mais tu dérailles !

Laura la regarda, interdite : son amie avait l'air horrifié.

— Toi et Matt, vous avez bien rompu, non ? répliqua-t-elle.

— Mais ce n'était pas pareil ! affirma Soraya. Notre relation n'a jamais été aussi sérieuse que la vôtre ! Tu as trouvé l'âme sœur, Laura, ça saute aux yeux ! Tu n'aurais pas pu mieux tomber ! Heartland, c'est toute ta vie, non ? Jamais tu ne rencontreras quelqu'un d'aussi passionné par les chevaux que Ted !

« Si ! Will ! » faillit répondre Laura. Elle se mordit la langue juste à temps. Qu'est-ce qui lui prenait ? Will n'avait rien à voir avec cette histoire ! Il s'agissait de Ted et elle, et de personne d'autre.

— Je suis perdue, Soraya ! gémit-elle. Je ne veux pas gâcher cet amour sur un coup de tête. Il faut attendre, et réfléchir encore...

Soraya la regarda en silence. Pour mettre fin à la conversation, Laura attrapa une autre cassette :

— On a le temps de visionner celui-ci, non ?

Soraya haussa les épaules, l'air de dire que Laura ne changerait décidément jamais : quand elle avait une idée en tête, elle n'en démordait pas !

— Oui, bien sûr, répondit-elle.

Elles s'installèrent confortablement, et attendirent en silence le début du film. Mais Laura avait du mal à se concentrer. Elle était ailleurs. Ce qui la peinait surtout, c'était que Soraya n'imaginait même pas qu'elle pourrait s'intéresser à autre chose que le ranch. Que sa vie pourrait s'enrichir, comprenant d'autres domaines, d'autres centres d'intérêt. D'autres personnes, peut-être... « En fin de compte, conclut-elle, seul Will me propose d'autres horizons que Heartland. »

8

À son réveil, le lendemain, la première pensée de Laura fut pour Bunny : comment allait la jument ? Puis elle songea à Ted, et décida que ce matin serait celui de la réconciliation. Leur complicité lui manquait, comme leurs fous rires, leurs confidences. Et leurs baisers... Soraya avait raison, elle se compliquait la vie. Sa relation avec Ted durait depuis trop longtemps pour prendre fin du jour au lendemain !

En entrant dans les écuries, elle aperçut Sundance, qui tendait le cou par-dessus la porte de son box. Il hennit doucement à son approche. Laura glissa les bras autour de son encolure.

— Ça va, mon grand ? murmura-t-elle.

Sundance secoua la tête, l'obligeant à reculer, et lorgna vers ses poches. Elle éclata de rire et lui offrit deux pastilles à la menthe, dont le poney raffolait. Puis elle se dirigea vers le box de Bunny.

La jument avait l'air calme, et ne broncha pas quand Laura pénétra dans la stalle. La jeune fille lui caressa les flancs, puis posa avec délicatesse la main sur son antérieur gauche. Sa température était normale, et l'œdème avait disparu. Elle laissa échapper un soupir de soulagement.

La jument tourna la tête vers elle.

— Ça va aller, ma belle, la rassura Laura. Quelques jours de repos encore, et ce sera oublié.

« Peut-être pas pour tout le monde... » ajouta-t-elle au fond d'elle-même en songeant à Ted.

Elle refermait la porte du box quand elle aperçut la silhouette du palefrenier à l'entrée. Le jeune homme s'avança vers elle.

— Bunny va mieux, et... commença-t-elle.

Ted l'interrompit :

80

— Je suis désolé, pour hier... Je ne sais pas ce qui m'a pris ! Tu veux bien me pardonner ?

Il lui caressa la joue. Laura hocha la tête, trop émue pour parler.

— Je crois que je suis à bout, poursuivit Ted. Je n'arrête pas une seconde depuis le départ de Carly, et mes nerfs commencent à lâcher !

— Je comprends, murmura Laura. Ne t'inquiète pas pour moi, ce n'est rien.

Ils s'embrassèrent. C'en était trop pour Sundance, qui protesta en frappant la porte du box de son sabot.

— On se calme, espèce de jaloux ! lança Ted.

Il se tourna vers Laura, les sourcils froncés :

— Incroyable, non ?

Laura se contenta de sourire, heureuse que Ted et elle soient de nouveau proches.

— Tu veux monter Harlerquin, cet après-midi ? demanda son petit ami. Chez lui, c'est une femme qui le monte, et j'aimerais bien voir comment il réagit avec une cavalière comme toi. Juste pour m'assurer qu'il a bien retrouvé sa confiance en lui...

— Avec plaisir ! s'exclama Laura, touchée par l'attention de Ted.

Elle songea à ce qu'elle avait confié à Soraya la veille, et un sentiment de culpabilité l'envahit. Ted était attachée à elle, ça ne faisait aucun doute !

Les corvées du matin terminées, elle rejoignit Ted à la cuisine. Il avait préparé du café, et débarrassé un coin de table. Laura s'y installait quand la porte s'ouvrit, et Lou entra, les joues rosies par le froid, les yeux lumineux :

— Salut, les amoureux ! Ça sent le printemps, vous ne trouvez pas ?

Laura sourit : c'était vrai que le soleil se montrait généreux, illuminant la campagne alentour. Mais Lou sentait aussi bourgeonner en elle une vie nouvelle, autre que la nature !

— Je te sers un café ? proposa Ted.

— Non, merci ! fit-elle. Laura, Scott m'a

chargée de te dire qu'il aurait besoin de toi cet après-midi. C'est possible ?

Laura hésita. Elle s'était engagée à monter Harlequin, et puis l'idée de passer cette journée avec Ted lui plaisait. Sans parler du fait qu'il y avait largement du travail pour deux !

Comme s'il avait deviné ses pensées, le jeune homme l'encouragea :

— Vas-y, Laura. Ces vacances doivent aussi te servir de stage, ne l'oublie pas.

— Tu dois t'entraîner un maximum pour devenir une super véto ! enchaîna Lou.

— Oui, c'est important, insista Ted. Pense un peu à l'argent que tu apporteras à Heartland quand tu auras fini ta formation ! Ça vaut le coup, non ?

Les yeux verts de Ted brillaient de malice. Laura éclata de rire :

— C'est bon, dit-elle. J'irai avec Scott...

— Merci, Laura ! s'exclama Lou. Il passera te prendre en début d'après-midi.

Sur ces mots, elle se dirigea vers le bureau et referma la porte derrière elle.

« Comment fait-elle pour être toujours aussi dynamique ? » se demanda Laura.

— Merci, Ted, de me soutenir, dit-elle quand ils furent seuls. Tu as raison, c'est important pour moi...

Laura était en train de harnacher Harlequin quand elle aperçut Lou qui courait vers elle, son portable à la main.

— Ça sonne ! lâcha-t-elle, essoufflée.

Laura prit l'appel : c'était Will.

Il lui raconta en quelques mots son séjour en Arizona. Il avait l'air comblé. À la fin, il déclara :

— En fait, je t'appelle surtout parce que j'ai besoin de ton aide, Laura.

— De mon aide ?

— Oui... Il y a ici un poney de six ans, Loup, en grande difficulté. La propriétaire du ranch est prêt à se débarrasser de lui s'il ne s'en sort pas.

— Qu'est-ce qu'il a ?

— Il a été atttaqué par un puma pendant une promenade. Son cavalier a pu se réfugier dans un arbre. Loup, lui, en essayant de fuir, a foncé dans un canyon où la femelle protégeait ses petits, et elle l'a attaqué. Le rancher qui le montait a réussi à la faire fuir en tirant en l'air, mais Loup a été très marqué. Même si ses blessures ont cicatrisé, il est encore sous le choc.

— Bon sang ! lâcha Laura.

Jamais elle n'avait entendu une histoire aussi atroce : un cheval et son cavalier attaqués par un fauve !

— Comment se manifeste son trouble ? demanda-t-elle.

— Il est complètement imprévisible, répondit Will. Hier, quelqu'un a voulu le monter pour la première fois depuis l'accident, et il est devenu fou.

— C'est-à-dire ?

Il y eut un silence. Puis Will reprit :

— Il a propulsé le palefrenier par terre avec tant de brutalité qu'il lui a fracturé la colonne vertébrale.

9

Horrifiée, Laura resta quelques secondes silencieuse. Dans sa tête, elle faisait défiler l'accident de Loup, et enregistrait toutes les données qui avaient provoqué son traumatisme. « Premièrement, se dit-elle, il s'est sans doute senti abandonné par son cavalier, et c'est pourquoi il a réagi avec une telle violence quand on a essayé de le monter. Pour lui, c'est comme si son cavalier l'avait jeté dans la fosse... aux pumas ! Et puis, le coup de fusil l'a terrorisé. La balle a dû lui siffler aux oreilles ! Il aurait pu être touché. »

— Loup a perdu confiance en l'homme, déclara-t-elle. Il faut l'aider à renouer le contact. C'est sa seule chance de s'en sortir.

— Qu'est-ce que tu conseilles ?

— Des fleurs de Bach pour lui permettre de surmonter la peur et la douleur. À mon avis, il n'est pas près d'oublier les crocs du puma ! Et ce traitement atténuera son sentiment d'abandon.

— Tu ne pourrais pas venir t'occuper de lui ? demanda soudain Will.

Laura songea au poney traumatisé, et elle sut aussitôt quel était son devoir. Sans réfléchir une seconde de plus, elle répondit :

— D'accord. Je consulte les horaires des vols, et...

Au même instant, elle aperçut Ted qui la regardait, l'air interloqué. Elle recouvrit le téléphone de la main et lui expliqua en quelques mots ce qui se passait. Ted, stupéfait, chuchota :

— Quoi ? Il ne veut quand même pas nous amener un cheval depuis l'Arizona ?

Il se tapa la tempe de son index et secoua la tête en levant les yeux au ciel.

— Laura ? Tu es toujours là ? lança Will.

— Oui, je réfléchis... répondit-elle.

S'envoler en Arizona pour sauver Loup la tentait. Elle se disait que cela n'avait rien à voir avec Will ; ils étaient de bons amis, un point, c'est tout. Mais comment se séparer de Ted maintenant, alors qu'ils venaient de se retrouver ?

— Je dois réfléchir, Will. Je te rappelle, tu veux bien ?

— D'accord. Mais ne réfléchis pas trop longtemps ! Loup a besoin de toi.

— Reste avec lui autant que tu peux, reprit Laura. Il doit sentir qu'il n'est pas abandonné, que quelqu'un se soucie de lui... Promis ?

— Pas de problème, répondit Will.

À sa voix, Laura devina qu'il était déçu.

— C'est important, Will, insista-t-elle.

— Je ferai de mon mieux, la rassura son ami. J'attends ton appel.

Ils raccrochèrent. Les pensées se bousculaient dans la tête de Laura. Elle alla retrouver Ted, qui était parti dans la sellerie. En voyant son amie avec les joues en feu et les yeux brillants, le jeune homme comprit qu'il se passait quelque chose de grave. Laura lui rapporta en détail sa conversation avec Will.

— Je ne sais pas quoi faire, conclut-elle. J'ai envie de rester là, avec toi, et d'assister Scott, comme prévu. Mais quand je pense à ce pauvre Loup... Il faut l'aider !

— C'est ce que tu dois choisir, déclara Ted.

Laura fixa son petit ami. Parlait-il sérieusement ?

Ted lui rendit son regard, et elle sut qu'il était sincère.

— Ce sera une expérience enrichissante pour toi, affirma-t-il. Tu découvriras ce qu'est l'élevage de bétail, et d'autres façons de soigner les bêtes. Pourquoi n'assisterais-tu pas le même vétérinaire que Will ? Comme ça, tu validerais ton stage. Le jeu en vaut la chandelle, Laura. Pars !

— Tu crois, Ted ? Je...

Le jeune homme l'interrompit :

— Ne me remercie pas. C'est normal.

Laura ne répondit pas. Étrangement, l'attitude de Ted la décevait. Au fond d'elle, elle aurait voulu qu'il essaie de la retenir auprès de lui, envers et contre tout. Préférait-il rester seul ?

— Et toi ? Ça ira ? finit-elle par demander.

— Ne t'en fais pas pour moi, reprit Ted. Un pensionnaire repart ce soir, et deux autres demain. Après, ce sera plus calme. Je pourrai souffler.

— Carly rentre quand ?

— Dans une dizaine de jours. Ça passera vite !

Laura approuva d'un hochement de tête. Elle commençait à entrevoir son voyage de façon plus concrète. L'Arizona... Le mot résonna dans son esprit, évoquant des images fabuleuses : les grands espaces sauvages, les chevaux de western, les couchers de soleil extraordinaires...

— Je vais en parler à Lou, annonça-t-elle en s'élançant vers la maison.

Elle trouva sa sœur assise dans le canapé du salon. Laura s'installa à côté d'elle et lui relata sa discussion avec Will et Ted. Lou se montra plus réservée que le palefrenier.

— C'est un long voyage, objecta-t-elle.

Et puis, ça veut dire qu'on ne te reverra pas des vacances...

Grand-Père rentra à cet instant, les bras chargés d'emplettes.

— Viens nous rejoindre ! l'invita Lou.

— Je ne vous dérange pas ?

— Non, au contraire ! lui assura Laura. J'ai besoin de tes conseils...

Elle recommença son récit. Jack Bartlett l'écouta avec intérêt, et quand elle parla de ses doutes, il les balaya d'un geste de la main :

— Pars, Laura ! C'est une vraie chance pour toi. Il ne faut pas que tu la rates, tu le regretterais. Les ranches d'élevage en Arizona sont fantastiques, et les hordes de chevaux impressionantes. Je n'ai jamais rien vu d'aussi gigantesque ! Pour suivre le bétail, les hommes se déplacent en hélicoptère. En pleine saison, on y emploie parfois des centaines de personnes. C'est un monde étonnant, tu verras.

Laura ne soufflait mot, conquise.

— Oui, vas-y ! continua son grand-père. Tu apprendras énormément, crois-moi.

C'est important de voir autre chose que Heartland, de découvrir d'autres façons de penser et de faire... Juste un conseil : ne prends pas sur toi l'entière responsabilité de Loup. Il y a là-bas assez de vétérinaires expérimentés pour s'occuper de lui.

Laura hocha la tête : Grand-Père avait raison. Elle remarqua que Lou s'était rembrunie. « Elle a besoin de moi ! » se dit-elle. Mais, comme si elle avait deviné ses pensées, Lou lui lança un sourire :

— Écoute Ted et Grand-Père, Laura. Tu dois y aller. Ce poney a besoin de toi, et toi, tu profiteras largement de cette expérience. Je suis sûre que Scott sera de cet avis !

— Merci, Lou, murmura Laura. C'est chic de ta part, tu sais...

Lou lui serra le bras, et se leva.

Laura songea alors à Sundance et à Grand-Échalas. Et eux, que penseraient-ils de son départ ? La meilleure façon de le savoir était encore de le leur demander !

— Je vais voir les chevaux ! dit-elle à Grand-Père.

— C'est ça, répondit celui-ci. Mais ne réfléchis plus. Fais confiance à ton instinct !

Laura sortit. Depuis le perron, elle pouvait voir son poulain et son poney dans un paddock éloigné. Elle resserra l'écharpe autour de son cou et se dirigea à grands pas vers eux.

Quand elle entra dans l'enclos, ils se mirent à caracoler autour d'elle. Ils la poussèrent des naseaux, reniflèrent ses poches, soufflèrent dans ses cheveux. Laura éclata de rire : ils étaient si drôles ! Soudain, ils hennirent en chœur. « À croire qu'ils m'imitent ! » songea-t-elle, hilare. Leur bonne humeur était contagieuse. En les voyant si fougueux et si pleins d'énergie, Laura comprit qu'ils n'avaient pas besoin d'elle pour être épanouis. Ils étaient de purs produits de Heartland, de cet espoir particulier que le ranch devait à sa mère. Et c'était à Laura de poursuivre le travail de Marion... Oui, partir était le meilleur choix. Elle allait prendre la vie à pleines mains, saisir les chances qui se présentaient à elle.

Ce voyage en Arizona était une vraie promesse pour son avenir, elle le savait.

Elle leva les yeux vers Clairdale Ridge. Le ciel de février était nuageux et l'air vif. Au loin, le soleil déclinait, et des traînées rougeâtres marbraient le sommet des collines. « À nous deux, vaste monde ! » pensa Laura.

Laura réserva son billet d'avion, puis elle téléphona à Will pour lui annoncer l'heure de son arrivée. Le jeune homme poussa un cri de joie : il était si inquiet pour Loup !

Laura appela ensuite Soraya et l'informa de son départ.

— Désolée, ma vieille ! On ne se verra plus pendant ces vacances !

— Et Anthony ? s'exclama Soraya. Il arrive à la fin de la semaine... Je voulais te le présenter, moi !

— Ce sera pour une prochaine fois.

— Tant pis ! Je t'en prie, sois prudente. Cette histoire de puma ne me rassure pas ! Et n'en profite pas pour faire des ravages !

Laura éclata de rire : cette fille ne changerait décidément jamais...

Quand elle joignit Scott sur son portable, le vétérinaire approuva sa décision. Il lui conseilla de visiter une clinique vétérinaire très réputée à Tucson.

— Je t'envie ! ajouta-t-il. C'est une telle opportunité ! Tu vas apprendre des tonnes de choses. Et pas seulement sur les chevaux ! Tu me feras lire ton rapport de stage, hein !

— Promis ! Et pardonne-moi de te laisser tomber à la dernière minute !

— C'était la meilleure chose qui pouvait t'arriver, crois-moi ! lança Scott avant de raccrocher.

Laura se sentit rassurée. Les encouragements des siens lui faisaient chaud au cœur. À présent, il lui tardait d'être en Arizona !

✺ 10 ✺

Le lendemain matin, Laura se réveilla aux aurores. Elle voulait à tout prix voir Ted avant son départ. Elle prépara en quatrième vitesse ses affaires – quelques T-shirts, deux paires de jodhpurs, un sweat et un pull –, et dévala l'escalier. Elle passa par la cuisine pour attraper une tranche de cake et sortit dans la cour.

Devant le perron, Jack Bartlett nettoyait la voiture.

— B'jour, Grand-Père ! lança Laura, la bouche pleine, en s'élançant vers les écuries.

Avant qu'il ait eu le temps de se retourner, elle avait déjà disparu.

— On part dans dix minutes ! cria-t-il.

Ted était dans le box de Bunny.

— Salut, Ted ! lança Laura.

Le palefrenier, occupé à attacher la sangle d'une couverture sous le ventre de Bunny, lui dit bonjour sans lever la tête.

Puis il se redressa :

— Alors, ça y est ? C'est le départ ?

— Eh oui ! Comment va Bunny ?

— Bien, répondit le palefrenier. Très bien, en fait. Je la ramène chez ses propriétaires ce matin. Je me dépêche, ils m'attendent avant midi !

Laura examina la jambe de Bunny. La jument semblait en effet complètement rétablie.

— Tu as raconté à ses propriétaires ce qui...

— Non, l'interrompit Ted. Ce n'était pas la peine. Elle a vite récupéré.

Au même instant, un coup de Klaxon retentit dans la cour. Bunny secoua la crinière avec vivacité, les oreilles dressées.

— Vas-y, Laura ! conseilla le palefrenier. Tu connais Grand-Père, il va nous donner un véritable concert. Et ça énerve Bunny.

La patience n'était pas la qualité première de Jack Bartlett, tout le monde le savait. Il détestait attendre. Prise au dépourvu, la jeune fille se tourna vers Ted. Son désir de partir s'était étrangement dissipé. Ce qu'elle voulait, c'était rester avec son petit ami, et elle se reprochait sa décision hâtive.

Percevant son désarroi, le palefrenier plongea ses yeux verts dans les siens et lui prit la main.

— Allez, va ! murmura-t-il. Et tiens-moi au courant !

Comme elle hésitait, il se pencha vers elle et l'embrassa. Puis, du menton, il lui désigna la cour. Laura hocha la tête :

— Alors, au revoir...

Sa gorge était nouée. Elle avait plein de choses à dire à Ted ; mais, dans la précipitation du départ, aucun mot ne lui vint.

Deux autres coups de Klaxon retentirent. Bunny s'agita.

Sans un regard derrière elle, Laura se précipita vers la voiture. À peine eut-elle refermé la portière que Grand-Père démarra.

— Ah, ces jeunes ! gronda-t-il. Toujours à vous faire attendre !

Laura ne put s'empêcher de sourire. Combien de fois avait-elle entendu Grand-Père maugréer de la sorte ? Puis elle songea à Ted, se demandant si elle ne faisait pas une erreur en partant. Elle soupira, et Jack Bartlett lui lança un coup d'œil interrogateur :

— Tu n'es plus sûre de vouloir partir, c'est ça ?

Laura ne fut même pas étonnée : Grand-Père devinait toujours ses pensées.

— Plus tout à fait, oui, lâcha-t-elle.

— Tu as eu envie d'aller soigner Loup, et c'est bien, Laura. Suis ton instinct, c'est notre meilleur guide... Crois-moi, si ton premier réflexe a été d'aller en Arizona, alors fonce. C'est le bon choix.

Comme Laura se taisait, il ajouta :

— Il faut tenter de nouvelles expériences dans la vie. Sinon, comment progresser ? L'erreur, ç'aurait été de rester ici. Heartland t'attendra, tu sais !

Laura se souvint de ce que lui avait dit un jour Marion : « L'essentiel, c'est d'essayer ;

peu importe le résultat. L'échec, ce serait de renoncer avant même d'avoir tenté. »

« Alors, je me lance, songea-t-elle. Ensuite, on verra bien... »

Laura était déjà plus sereine quand elle s'installa dans l'avion. Et au moment du décollage, elle sourit, les yeux brillants : voilà, elle partait !

Quelques instants plus tard, elle volait au-dessus des nuages dans un ciel d'un bleu pur. En observant le cadran qui indiquait les températures en Arizona, elle se demanda si Will serait à l'aéroport de Tucson... Elle espérait qu'il l'accueillerait bien en ami, et qu'il n'avait pas nourri de faux espoirs à l'annonce de sa venue. En tout cas, elle avait été claire quant à l'objectif de son voyage. À aucun moment elle n'avait laissé entendre que c'était lui qu'elle allait voir. Elle aimait Ted, et leur histoire n'était pas terminée, elle en était convaincue.

En débarquant à Tucson, Laura fut éblouie par la luminosité. Le ciel était d'un bleu incroyable, et le soleil resplendissait. Voilà qui la changeait du temps maussade de Virginie !

Après avoir franchi le portail des arrivées, elle s'arrêta et regarda autour d'elle... Will était là. Il vint à sa rencontre avec un sourire chaleureux :

— Salut, Laura ! Le voyage s'est bien passé ?

— Super !

Il prit son sac de voyage. La jeune fille le suivit dehors, soulagée de constater que leurs retrouvailles étaient purement amicales...

Il grimpèrent dans une grande voiture tout-terrain.

— Waouh ! s'exclama Laura. Une Jeep à notre disposition !

— Oui, il y en a plusieurs au ranch. Heureusement d'ailleurs, parce que la propriété est immense !

— C'est loin d'ici ?

— Non, à une vingtaine de minutes. Mais tu vas voir, c'est étonnant. Dès qu'on sort de la ville, on est en plein désert. Ça paraît inimaginable quand on est à l'aéroport.

— J'ai hâte de voir ça !

Will sourit.

— Le ranch est surprenant. D'abord, c'est gigantesque. Il y a une centaine d'employés : des palefreniers, des vachers, des ranchers... Ça travaille dur. Le soir, je suis cassé !

— En tout cas, tu as bonne mine !

C'était vrai. Will avait le teint buriné, et il portait un chapeau à larges bords avec des lanières en cuir qui mettait son visage en valeur.

— Te voilà devenu un vrai cow-boy ! plaisanta Laura. Pas mal, le chapeau !

— C'est surtout pratique. Le soleil nous tombe dessus toute la journée !

Ils continuèrent à discuter durant le reste du trajet, Will détendu et drôle, et Laura gagnée par l'excitation de cette nouvelle aventure, qui s'annonçait prometteuse.

❊ *11* ❊

Will gara la Jeep sur le parking du ranch.
Laura descendit et resta figée quelques instants, étourdie par les odeurs, les meugle-
ments, les cris des hommes, la poussière...
C'était immense. Plusieurs bâtiments – des
habitations, des hangars, des écuries – se
dressaient tout autour. Plus loin, elle distingua des baraquements. Elle n'aurait pas su
dire si c'était des boxes ou des dortoirs du
personnel. Des enclos s'ouvraient comme
des entonnoirs sur de longs couloirs bordés
de tubes métalliques, menant vers le parking.

— C'est par là qu'on guide le bétail vers
les camions, lui expliqua Will, qui l'avait
rejointe.

Un homme d'une cinquantaine d'années, le teint hâlé, s'approcha d'eux.

— Hank Oliver, propriétaire du ranch, se présenta-t-il. Enchanté !

Sa poignée de main était franche et ferme.

— Laura Fleming, dit la jeune fille, intimidée. Je suis venue pour...

— Will m'a parlé de vous, l'interrompit Hank. Vous vivez en Virginie, à Heartland, c'est ça ? Je ne connais pas votre ranch.

— On y soigne les chevaux.

— Hum... Jamais entendu parler ! Mais si vous croyez pouvoir faire quelque chose pour Loup, eh bien, allez-y !

— Je ne suis pas sûre du résultat, répondit Laura avec sincérité. Il n'y a pas longtemps, je n'ai pas réussi à aider une jument qui refusait d'être montée. Du coup, son propriétaire a décidé de faire d'elle une poulinière.

— Ce sera difficile avec Loup ! lança Hank en partant d'un grand éclat de rire.

Laura rougit ; elle n'était pas habituée à un milieu masculin, et celui-ci lui semblait un brin machiste...

— La différence, c'est que Loup, lui, a déjà été monté, répliqua-t-elle d'un ton plus assuré. Et nous savons d'où vient son traumatisme. C'est un bon début, non ?

Hank hocha la tête et fixa Laura quelques instants. Elle soutint son regard sans ciller.

— Voyez ce que vous pouvez faire, dit-il enfin. Le rassemblement du bétail a lieu dans trois jours. Si d'ici là il n'y a pas d'amélioration, Loup ne nous sera plus d'aucune utilité.

Il salua Laura en effleurant le bord de son chapeau, et se dirigea vers le ranch.

Laura frémit. Elle savait ce que cela signifiait : Loup rejoindrait les taureaux et les vaches dans les camions de bétail envoyés aux abattoirs.

Elle regarda Will, effarée. Le jeune homme haussa les épaules :

— Ne t'inquiète pas. Il préfère te prévenir dès maintenant pour que tu saches à quoi t'en tenir. Ils se sont comportés comme ça avec moi aussi, le premier jour ! Mais, tu verras, ils sont sympas.

Laura fit la moue : cet univers lui paraissait plutôt impitoyable !

— On visite ? proposa Will.

— D'accord !

Il l'emmena vers les baraquements, qui servaient de dortoirs au personnel. Il y en avait deux pour les hommes, et un pour les femmes.

— Salut, Will ! Ça gaze ?

Un palefrenier assena une tape dans le dos du jeune homme.

— Salut ! Je te présente Laura, qui va assister avec moi le vétérinaire du ranch pendant quelques jours.

— Bienvenue ! lança l'homme, qui s'éloignait déjà au pas de course.

Le suivant du regard, Laura distingua au loin une cinquantaine de boxes. Derrière, il y avait des parcs à bestiaux, et, à côté, des hangars où devaient être stockées les réserves de foin et de nourriture. La cour grouillait d'hommes et de femmes qui allaient et venaient, affairés. Certains saluaient Will, mais aucun ne s'arrêtait. « Dans un ranch aussi grand, on ne chôme pas ! » songea Laura.

— Quel trafic ! plaisanta-t-elle.

Ce mouvement autour d'elle, ces odeurs et la poussière omniprésente l'étourdissaient.

Will l'entraîna vers les écuries en expliquant :

— C'est à cause du grand rassemblement. Les bêtes vont être emmenées dans les pâturages pour l'été. Nous aussi, on va avoir du pain sur la planche ! On doit vermifuger chaque animal, marquer les nouveau-nés...

Laura, qui n'avait jamais fait ce genre de choses, se sentait un peu dépassée. Grand-Père avait eu raison, ce serait une expérience unique.

— Je vais te présenter Stan, le vétérinaire en chef, annonça Ted.

Stan était un homme d'une trentaine d'années. Il avait le teint hâlé, comme tous ici, un regard franc et un sourire chaleureux. Il serra la main de Laura :

— Bienvenue ! Prête pour le rassemblement ?

— Will m'a dit en gros ce que vous attendiez de nous.

— C'est qu'il y a du boulot ! s'exclama le vétérinaire. Même si Will travaille déjà pour deux !

Le jeune homme rougit.

— Il ne faut pas exagérer, protesta-t-il. C'est normal !

Stan lui donna une tape dans le dos :

— À plus tard ! J'ai du matériel à vérifier.

Laura comprit que le travail de Stan n'avait rien à voir avec les visites à domicile qu'effectuait Scot, ni avec les permanences en clinique. Ici, l'univers était plus dur, les contraintes plus physiques... « À la dimension de l'espace », songea-t-elle. Le ranch de Shallow Creek était trente fois plus grand que Heartland ! Les chevaux qui se trouvaient là avaient sans doute été capturés dans les prairies et domptés. Ceux qui ne répondaient pas aux critères de sélection étaient relâchés ou abattus. Laura secoua la tête : dans ce monde il n'y avait pas de place pour la pitié et la compassion. Les gens qui y travaillaient avaient appris à aller à l'essentiel. Ils n'avaient pas le temps de s'embarrasser du problème de comportement d'un cheval. C'était pour cette raison qu'elle était venue. Et elle espérait convaincre le propriétaire du bien-fondé de son intervention...

L'après-midi touchait à sa fin. Will, qui devait aider Stan avant le dîner, proposa à Laura de profiter de cette heure de liberté pour se promener dans le domaine.

— Nous irons voir Loup, promit-il.

Après la visite du ranch, Laura s'assit sur les marches de la baraque où on l'avait installée. Émerveillée, elle regardait le désert orange qui se déployait devant elle. Des rochers gris jaillissaient ici et là ; d'étranges promontoires rocailleux jalonnaient l'espace. C'était magnifique ! Elle n'avait jamais rien vu de semblable, même en Australie, où elle était allée rendre visite à son père. L'immensité et la beauté de cette étendue lui coupaient le souffle.

— C'est impressionnant, n'est-ce pas ?

Elle se retourna : Will se tenait à son côté. Elle opina, et ils restèrent un moment silencieux, perdus dans la contemplation du paysage.

— Je t'emmène voir Loup ? proposa Will.

Laura bondit sur ses pieds : elle allait enfin voir celui qui occupait ses pensées depuis deux jours !

❄ 12 ❄

L'écurie, immense elle aussi, se composait de trois grandes parties, où avaient été aménagées des stalles, délimitées par des bornes métalliques.

Laura n'eut pas de mal à repérer Loup : le hongre se tenait immobile au fond de son box, la tête baissée. De longues cicatrices zébraient ses flancs. Un frisson parcourut Laura : elle imagina sa souffrance et essaya de se représenter la scène. Le combat avait dû être terrible !

— Loup ? appela-t-elle doucement.

Le hongre se tourna vers elle. L'éclair de méfiance qui traversa ses yeux frappa la jeune fille. Il n'y avait pas de méchanceté là-dedans, plutôt de la terreur qui s'était transformée en haine. Sa robe couleur sable était trempée de sueur, et il avait à peine touché à sa ration.

Le cœur de Laura se serra : Loup était stressé, comme s'il savait la menace qui pesait sur lui. Il devait se sentir bien seul ! Il fallait l'aider. Et vite, avant qu'il ne se renferme encore plus dans sa solitude...

Elle se pencha et se faufila sous les barreaux de la stalle.

— Qu'est-ce que tu fais ? demanda Will.

— Je vais l'examiner de plus près.

— On n'a pas le temps, Laura. Le dîner va être servi dans deux minutes.

— Je mangerai plus tard, répondit la jeune fille.

— Impossible ! Ici, l'heure, c'est l'heure, et si tu es en retard, tu ne trouves plus rien. C'est ce qui m'est arrivé le premier soir. J'ai dû attendre le lendemain pour grignoter quelque chose. Je peux t'assurer que je ne me laisserai plus avoir !

Laura jeta un regard désolé au poney et rejoignit son ami :

— Puisque c'est comme ça... On y va !

C'était bien la première fois qu'elle faisait passer son repas avant les chevaux. Mais elle savait que son estomac ne supporterait pas d'attendre le lendemain !

Dans la cantine, Will repéra deux places libres et y entraîna Laura. La jeune fille constata avec surprise que les convives n'étaient guère plus âgés qu'elle. Will lui présenta ceux qui étaient installés à côté : il s'agissait pour la plupart d'étudiants, comme elle, venus pour effectuer un stage ou pour gagner de quoi payer leurs études. Une conversation animée s'engagea. Ils étaient tous intéressés par l'expérience de Laura, qui leur expliqua en quoi consistaient les méthodes douces de Heartland.

— Comment tu as eu cette idée ? demanda son voisin.

— Elle ne vient pas de moi, mais de ma mère, Marion Fleming. Elle voulait sauver le cheval de mon père, blessé lors d'une chute. Comme les remèdes traditionnels étaient inefficaces, elle a cherché ailleurs. Et c'est grâce aux herbes, aux massages et à la méthode dite du consentement qu'elle a regagné la confiance de Pegasus. Par la suite, elle a approfondi ses recherches en soignant d'autres chevaux.

— Hum... J'aimerais bien voir ça ! fit un étudiant, l'air sceptique.

— Ouais, intervint un autre, c'est comme l'homéopathie. On n'a jamais pu prouver que ça marchait !

Laura s'efforça de rester calme. Ce n'était pas la première fois qu'elle affrontait l'ironie et les sarcasmes au sujet de Heartland.

— On n'a jamais affirmé le contraire non plus, répliqua-t-elle.

— Vous arrivez à gagner votre vie ? l'interrogea un palefrenier.

— Plus ou moins... Ce n'est pas toujours facile, reconnut Laura. Mais on tient la route. Un magazine télé[1] a parlé de nous quand nous avons sauvé Aventure, un cheval profondément traumatisé. Ça nous a fait de la pub, et peu de temps après, des pensionnaires ont afflué.

— Et tu comptes guérir Loup avec tes

1. Lire, du même auteur, dans la même collection, *Coups du sort*, t. 13.

infusions de grand-mère, c'est ça ? demanda un autre convive avec un sourire dubitatif.

Laura soutint son regard, et sourit à son tour : pas question qu'elle prenne la mouche !

— Je vous assure que les résultats de la méthode Heartland sont surprenants ! lança Will. Certains vétérinaires de notre école veulent même l'intégrer au programme de deuxième année.

L'intervention de Will soulagea Laura : elle se sentait moins seule.

— Vous changerez de discours quand vous verrez Loup dans trois jours, affirma le jeune homme. Il sera métamorphosé ! Je vous promets que Laura le sortira de là.

Laura faillit s'étrangler : Will y allait un peu fort. Trois jours ne suffiraient jamais à guérir Loup ! Elle se mordit les lèvres. Ce n'était pas le moment de contredire son ami en public.

— Peut-être, dit son voisin de table. Le problème, c'est qu'ici on n'a pas de temps à consacrer à ce genre de soins. C'est un vrai luxe !

— Je suis d'accord, dit Laura. Je sais le

temps que cela exige, et c'est un choix que tous ne peuvent pas se permettre. Et c'est bien pour ça que je suis venue !

— Alors, bonne chance ! lui souhaita son voisin.

Le repas se terminait ; peu à peu, les uns et les autres se levèrent. Laura resta un long moment sans bouger, plongée dans ses pensées.

— Ça ne va pas ? lui demanda Will quand ils furent sortis à leur tour.

Elle le foudroya du regard :

— Will, trois jours ne suffiront jamais pour guérir Loup ! Il faut bien plus pour soigner un tel traumatisme. Tout ce que je peux espérer, c'est le mettre sur la bonne voie pour qu'il retrouve confiance en l'homme. C'est la base de sa guérison. Le temps fera le reste... à condition que quelqu'un prenne le relais, bien sûr !

Elle regarda Will dans les yeux :

— Tu m'as mise dans de beaux draps ! Je ne pourrai jamais tenir tes promesses !

Le jeune homme releva son chapeau et se gratta le front.

— Excuse-moi, Laura ! balbutia-t-il. Je...

je me suis un peu emballé ! J'ai voulu prendre ta défense, c'est tout.

Laura se radoucit :

— C'est bon, n'en parlons plus. Mais fais
attention à ce que tu racontes, une prochaine fois ! Allons voir Loup, maintenant...

Le poney se tenait toujours au fond de
sa stalle, la tête baissée. Il n'avait pas touché à sa ration. Laura s'avança vers lui.

— Bonjour, Loup, chuchota-t-elle.

Le hongre dressa les oreilles : il ne devait
pas être habitué aux chuchotements.

Elle reprit pourtant sur le même ton :

— Je m'appelle Laura. Je suis venue
pour m'occuper de toi quelques jours. Je
peux te caresser ?

Le cheval ne bougeait pas. Laura avança
doucement la main, et frôla ses naseaux.
Loup renifla sa paume et leva la tête vers
elle. Laura lut dans son regard plus d'étonnement que d'agressivité. Tout en conti-
nuant à lui parler à voix basse, elle remonta
avec lenteur sa main vers son chanfrein,

puis entre ses oreilles. Le poney ne broncha pas.

Laura sortit de sa poche un petit flacon d'huile de lavande, réputée pour ses vertus relaxantes, qu'elle gardait toujours sur elle. Elle en mit quelques gouttes dans sa paume et parla doucement au poney. Celui-ci l'écoutait, les sens en alerte ; il semblait cependant moins sur la défensive. Laura entreprit de masser légèrement son encolure en mouvements concentriques.

Elle sentit la peau trembler sous ses doigts. Le frisson s'étendit jusqu'à l'échine de Loup. Laura ralentit son geste, craignant la réaction de l'animal. Mais celui-ci se contenta de souffler et de secouer la tête. Laura poursuivit, à cadence régulière, et constata avec joie que le poney se détendait peu à peu.

Au bout d'un moment, elle enleva sa main. Loup ne bougea pas. Laura remarqua que sa nuque était plus souple, et son regard moins sauvage.

Will regardait la scène, fasciné.

— C'est miraculeux ! murmura-t-il.

— Oui, approuva Laura. Je ne pensais pas qu'il accepterait aussi vite que je l'approche... Je vais m'arrêter là pour aujourd'hui.

Comme s'il avait compris, Loup s'éloigna de deux pas.

— Ce sera long, reprit Laura. Il garde au plus profond de lui un sentiment de trahison. Il n'est pas prêt à accorder de nouveau sa confiance. Cela dit, tant qu'il n'agresse pas le premier venu...

Will opina. Laura sortit de sa poche d'autres flacons et en versa quelques gouttes dans le seau d'eau de Loup.

— Qu'est-ce que tu lui donnes ? voulut savoir le jeune homme.

— Des fleurs de prunier myrobolan, pour l'aider à surmonter le choc, de l'huile de néroli, pour atténuer la dépression qui accompagne toujours un traumatisme. Et aussi un extrait de mélèze, pour lui redonner confiance, et...

— Qu'est-ce que vous fabriquez là ? l'interrompit soudain une voix.

Les jeunes gens pivotèrent, surpris. C'était Mike, un rancher dont Will avait parlé à Laura... un type grossier et rustre, d'après le jeune homme.

— On s'occupe de Loup, répondit Will d'un ton calme.

— Sortez de là tout de suite ! aboya l'individu. Vous dérangez les chevaux !

Laura et Will quittèrent la stalle. Mike les foudroya du regard :

— Les écuries ne sont pas un lieu pour roucouler ! Que je ne vous y prenne plus !

Will ouvrit des yeux ronds, alors que Laura protestait :

— Mais... on ne faisait rien de mal !

— Vous me prenez pour un idiot ? J'avais demandé qu'on n'amène pas sa petite copine au stage !

Sur ces mots, il fit volte-face et fonça vers la sortie.

— Laura n'est pas ma petite amie ! lança Will, rouge écarlate.

Mike fit la sourde oreille.

— Laisse tomber ! dit Laura. Ce type ne vaut pas la peine qu'on s'explique. Non mais, quel rustre !

Ils se dirigèrent en silence vers les dortoirs. Laura était épuisée. Elle salua Will, se traîna jusqu'à sa couchette et se glissa dans son duvet avec soulagement. Cette première journée au ranch l'avait assommée : l'ambiance était si nouvelle pour elle ! Elle aurait aimé en parler avec Ted... Ted ! Elle avait oublié de l'appeler !

Ses paupières s'alourdissaient, et l'instant d'après Laura sombra dans un profond sommeil peuplé de chevaux sauvages galopant sur fond d'horizon pourpre et violet...

13

Appeler Ted ! Ce fut la première chose qui vint à l'esprit de Laura quand elle émergea le lendemain matin. Elle n'avait aucune idée de l'heure. Les couchettes autour d'elle étaient vides. Elle prit conscience des bruits au dehors : c'était cela qui l'avait réveillée.

Elle se leva. Son portable indiquait cinq heures. Elle fit un calcul rapide dans sa tête : deux heures de décalage, cela voulait dire qu'il était sept heures en Virginie. Trop tôt pour qu'elle ait une chance de joindre son petit ami.

L'air était déjà chaud, et le soleil dardait ses rayons sur le ranch et les paddocks. La ligne d'horizon était un mélange de traînées roses et turquoise...

Quand Laura appela Ted, il était en train de boire un café à la maison. Il commença par lui demander des nouvelles de Loup. La jeune fille lui raconta comment elle avait réussi à l'approcher.

— C'est loin d'être gagné, ajouta-t-elle. Qu'en penses-tu ?

— Je crois que tu as choisi la bonne méthode. Continue ainsi, mais vas-y doucement. Essaie aussi les fleurs de théier, on ne sait jamais...

— Oui, c'est une idée...

— Tiens-moi au courant ! lança Ted.

— Bien sûr. Et toi, comment vas-tu ?

— Comme d'habitude !

Laura essaya d'imaginer l'expression de son ami.

— Tu me manques, dit-elle.

Et c'était vrai. Elle aurait tant aimé vivre cette expérience avec lui !

— Tu me manques, toi aussi... Le ranch me paraît vide, murmura Ted. Allez, bon courage ! Rappelle-moi quand tu auras un moment.

— C'est promis !

Il y eut un silence. Laura ne parvenait

pas à raccrocher. Il y avait tant de choses qu'elle aurait voulu lui dire ! Mais elle n'y arrivait pas. Elle gardait le téléphone collé à son oreille comme pour rester blottie contre son ami...

— Au revoir, Laura, dit enfin Ted.

— Je t'embrasse.

— Moi aussi...

Laura éteignit son portable, un peu triste. Elle laissa échapper un soupir : ce n'était pas le moment de rêvasser ! Il lui restait peu de temps avant le rassemblement du bétail, et elle devait profiter de cette matinée pour se consacrer à Loup.

Elle retrouva Will, qui terminait d'aider deux palefreniers à charger des poneys dans un van.

— Ils vont en reconnaisssance avant le grand départ, lui apprit-il. Tu veux voir Loup ?

Laura opina :

— C'est possible ?

— Pas de problème. Stan n'a pas besoin de moi pour l'instant.

— J'aimerais le sortir...

Will réfléchit :

— Il y a un corral disponible près des hangars. Je vais te montrer.

— Allons d'abord chercher Loup ! suggéra Laura.

Elle découvrit avec plaisir que le poney avait mangé plus de la moitié de sa ration : le massage de la veille y était sans doute pour quelque chose.

À son approche, il coucha les oreilles en arrière. Laura lui parla à voix basse et posa sa main sur son chanfrein. Le hongre se figea, avant de se détendre peu à peu. Laura lui enfila doucement un licol. Loup se laissa faire. Quand elle prit la longe, l'encourageant à la suivre, le poney recula, une lueur de méfiance dans les yeux. « Il a accumulé tant de colère et de hargne ! » songea la jeune fille. Elle recommença l'opération, avec la même douceur dans les gestes et dans la voix.

Loup fit un pas en avant, puis un autre, et finit par lui emboîter le pas. Il gardait la tête baissée. « Il fait semblant de se soumettre, se dit Laura, pour mieux attaquer si on le prend par surprise... »

Une fois dehors, Will ouvrit la barrière du corral. Par chance, il n'y avait personne dans les parages.

Laura entra et libéra le poney. Aussitôt, il se précipita vers le fond de l'enclos. Il lança un hennissement et repartit au galop dans l'autre sens. Laura alla se placer au centre et essaya d'attirer l'attention du poney : en vain. Il allait et venait, les narines frémissantes. « Il cherche une issue », songea Laura. Quand Loup comprit qu'il était enfermé, il hennit de nouveau et marqua son mécontentement en se cabrant plusieurs fois de suite. Pendant tout ce temps, Laura ne cessa de lui parler. Loup, d'abord indifférent à sa présence, s'arrêta soudain, les sens en alerte. Laura hésita : peut-être se trompait-elle sur la raison de cette attitude...

Elle fit quand même un pas vers le hongre, qui la regarda de ses grands yeux inquiets.

— N'aie pas peur, Loup, murmura-t-elle.

Elle leva la longe et ordonna :

— Allez, va-t'en, Loup ! Va-t'en !

Le poney renâcla, visiblement décontenancé. Laura répéta son ordre, d'un même ton neutre. Elle prenait garde à ne pas élever la voix, pour qu'il ne se méprenne pas sur ses intentions. Chasser Loup était déjà une forme d'agression. Mais elle savait ce qu'elle faisait : elle allait essayer la méthode du consentement que lui avait enseignée sa mère...

Chaque fois que le poney s'arrêtait, Laura levait la longe pour qu'il reparte. Au bout d'un long moment, ce qu'elle avait espéré se produisit : Loup fit une halte et baissa la tête en remuant la bouche, comme s'il mâchonnait.

Laura exultait : Loup cédait, il acceptait de reconnaître son autorité !

Mais ce n'était pas fini... Elle laissa tomber la longe, et tourna le dos à Loup. Puis elle s'éloigna de quelques pas et se figea. Tout son être était tendu vers le poney. Elle ne le voyait pas, mais elle perçut son hésitation. Puis elle devina qu'il avançait. Du fond du cœur, elle l'encourageait : « Oui, c'est ça, Loup... Viens... Approche-toi... Fais-moi confiance... Fais-toi confiance ! »

Quand enfin elle sentit son souffle chaud dans son cou, elle sourit, heureuse ; elle avait gagné ! Loup l'avait rejointe au centre du manège, il lui accordait sa confiance...

Elle se retourna doucement et fixa le poney. Ce qu'elle lut dans son regard l'amusa : c'était de l'étonnement. Eh oui, Loup avait l'air aussi étonné qu'elle !

— C'est bien, Loup, murmura-t-elle en lui caressant le chanfrein. C'est bien, mon grand. Je suis fière de toi, tu sais !

— Et moi, alors ! s'exclama Will.

Laura sursauta. Elle était si concentrée qu'elle en avait oublié Will, qui les avait regardés travailler. Il avait l'air réjoui :

— C'est fabuleux, Laura ! Tu es fantastique ! Je n'ai jamais rien vu d'aussi fascinant !

Laura hocha la tête : elle comprenait ce qu'il ressentait. Elle-même avait eu maintes fois l'occasion de voir sa mère appliquer cette méthode, et elle l'avait observée avec la même admiration. Aujourd'hui, Laura se sentait particulièrement émue, comme la première fois où elle avait utilisé la technique du lien, avec Sundance, sous le regard attentif de Marion. Jamais elle n'oublierait cette séance[1]...

Elle posa son front contre le chanfrein de Loup. Le poney ne broncha pas. Il était détendu. Plus confiant, déjà...

Laura alla ramasser la longe et attacha le mousqueton au licol du poney. Il la suivit avec docilité.

Will ouvrit la barrière et, sans un mot, ils se dirigèrent vers les écuries. « Quelle belle matinée ! songea Laura. Et un début de travail prometteur... » Loup était encore fragile, certes : mais, au cœur de cette fragilité, Laura venait de découvrir une intensité dont elle se souviendrait toujours.

1. Lire, du même auteur, dans la même collection, *Souviens-toi, Laura*, hors-série.

❧ 14 ❧

Laura et Will lavèrent doucement Loup avec le tuyau d'arrosage. La jeune fille préférait attendre avant de passer une éponge ou un tortillon de paille sur ses cicatrices.

Puis elle entreprit de masser ses flancs. Le poney se contenta de tourner la tête vers elle et poussa un faible hennissement.

— C'est incroyable ! ne cessait de répéter Will, admiratif. Je n'en reviens pas !

— Ne t'emballe pas ! Loup ne sera pas prêt pour le grand rassemblement. C'est trop tôt !

Quand elle eut terminé son massage et emmené Loup dans sa stalle, des éclats de voix lui parvinrent depuis la cour.

— Viens vite ! l'appela Will.

133

Laura se dépêcha de le rejoindre. Un groupe de ranchers, hommes et femmes, grimpaient à bord d'un pick-up. Will lui tendit la main et l'entraîna vers le camion :

— Allez, hop ! On y va !

Sans savoir où elle allait, Laura se retrouva embarquée avec les autres.

— Qu'est-ce qui se passe ? demanda-t-elle, ahurie.

Will posa un doigt sur ses lèvres :

— Surprise... Tu verras !

Dix minutes plus tard, le pick-up s'arrêtait au bord d'un immense réservoir d'eau, à l'orée du désert. Tout le monde sauta à bas du camion.

Laura ouvrait de grands yeux, stupéfaite : elle n'aurait jamais soupçonné l'existence de ce havre de paix tout près du ranch.

— Waouh ! lança-t-elle, médusée.

Will éclata de rire :

— Pas mal, hein ?

Laura imita les ranchers : elle ôta ses vêtements et se glissa dans l'eau fraîche. Depuis combien de temps ne s'était-elle pas baignée ainsi ? Le désert s'étendait devant elle à perte de vue, se confondant avec la ligne d'horizon. On aurait dit un rivage sans fin... Laura se laissa bercer par la douceur de l'eau et les rires des baigneurs. Flottant sur le dos, elle ferma les yeux. Elle songea à Ted. Elle aurait tant aimé partager ce moment avec lui ! Cette matinée lui paraissait parfaite : d'abord, sa séance de travail avec Loup, qui lui avait redonné espoir, et maintenant cette baignade...

Soudain, une gerbe d'eau la sortit de sa rêverie.

— Hou, hou ! lança Will. On se réveille ! Il faut rentrer.

Tous les autres se rhabillaient déjà et grimpaient dans le camion. Laura les rejoignit. L'atmosphère était détendue ; on riait, on plaisantait. À les voir ainsi, Laura se dit que la vie de rancher n'était finalement pas si mal que ça...

L'après-midi, Stan demanda aux deux jeunes gens de l'aider à limer les sabots. On faisait entrer chaque bête dans une immense cage métallique où on l'immobilisait à l'aide de cales qui lui bloquaient le cou. Ensuite, Laura tenait les sabots, que Will frottait avec une lime en fer.

C'était fastidieux et éreintant. Ils avaient chaud, ils respiraient la poussière et l'odeur du bétail ; les mugissements des bovins les assourdissaient.

« Voilà un aspect de la vie de rancher moins plaisant que la baignade ! » pensa Laura, qui luttait contre le découragement.

L'après-midi touchait à sa fin quand Stan mit fin à leur supplice. Laura était épuisée ; pourtant elle insista pour revoir Loup avant le dîner.

Le poney semblait l'attendre. Quand elle l'appela, il se dirigea aussitôt vers elle. La jeune fille lui caressa le chanfrein. Au bout d'un moment, Loup la laissa pour aller à sa mangeoire. « On dirait qu'il a retrouvé l'appétit ! C'est bon signe ! » se réjouit Laura. Elle remit quelques gouttes d'extraits de plantes dans son eau.

— Comment va-t-il ? demanda Will en la rejoignant.

— Mieux. Il mange, en tout cas. Et il est venu à ma rencontre.

— Il a l'air plus calme, non ?

— Oui... Loup est un poney doux et confiant. On le voit à la morphologie de sa tête.

Comme Will la regardait, ahuri, elle poursuivit :

— Ma mère m'a appris à interpréter certaines choses. Loup a des naseaux larges et grands ouverts : c'est un signe de confiance. Et tu vois ce petit creux, là ? C'est typique des chevaux sensibles. Quant à ses oreilles, à peine incurvées et légèrement tournées l'une vers l'autre, elles prouvent son empathie envers le cavalier...

Will l'écoutait avec attention.

— C'est passionnant ! s'exclama-t-il.

— Oui. Loup avait une grande confiance en son cavalier. C'est pour cela que son sentiment de trahison est si profond.

Will opina :

— Je comprends mieux, à présent.

— Ohé ! À table ! cria une voix à l'entrée de l'écurie.

Laura caressa l'encolure du poney et suivit Will.

— Bonne nouvelle ! lança-t-elle. Je meurs de faim !

— C'est contagieux ! pouffa Will en lui montrant Loup, qui les regardait partir, la bouche pleine de foin.

Laura éclata de rire, soulagée. Les choses se passaient mieux qu'elle ne l'avait imaginé. Elle n'ignorait pas pour autant que le chemin de la guérison serait long...

❧ 15 ❧

Le lendemain matin, Laura se leva tôt, impatiente de reprendre son entraînement avec Loup.

Elle pensa à Will, qui avait déclaré la veille en riant : « En fait, c'est toi, ma directrice de stage ! Tu m'apprends dix fois plus que Stan ! »

« Peut-être, songea-t-elle en s'habillant. Cela dit, moi-même, j'apprends plein de choses. C'est normal : je n'ai jamais eu affaire à un cheval attaqué par une femelle puma en furie ! »

En entrant dans les écuries, Laura aperçut Mike, qui harnachait un poney. Elle ne tenait pas à croiser le palefrenier, aussi se faufila-t-elle discrètement jusqu'au box de Loup, où Will la rejoignit bientôt.

Elle l'encouragea à s'approcher. Quand le jeune homme avança la main pour flatter l'encolure de Loup, celui-ci se raidit.

— Parle-lui, suggéra Laura.

Will suivit son conseil. Le poney dressa les oreilles et se détendit un peu.

Laura lui enfila le licou.

— Mike est encore là ? demanda-t-elle.

Quand Will lui eut fait signe que non, elle sortit Loup et le mena vers le corral.

Comme la veille, sitôt détaché, le poney détala à l'autre bout du manège. Laura se plaça au centre.

Cette fois, Loup ne chercha pas à s'échapper. Il la regarda et attendit, les oreilles dressées. La jeune fille fut étonnée de la rapidité avec laquelle il avait compris qu'ils allaient travailler. La veille encore, il se sentait agressé...

Elle leva la longe. Le poney partit au galop, puis se figea, observant Laura. Il avait toujours l'air méfiant, mais elle remarqua qu'il semblait moins hargneux. Elle agita de nouveau la longe. Loup partit dans l'autre sens, puis il renonça à fuir et se contenta d'aller au pas, la tête basse, tout en bougeant la mâchoire.

« Gagné ! » se dit Laura. Elle tourna le dos au poney. L'instant d'après, Loup vint pousser son épaule avec ses naseaux. La jeune fille se retourna et le fixa dans les yeux :

— C'est bien, Loup ! Tu es formidable...

Le poney lança un petit hennissement de satisfaction, comme pour dire qu'il était d'accord. Avec un sourire de triomphe, Laura tâta son encolure, ses flancs. Loup se laissa faire sans broncher. Elle observa alors son dos et passa la main dessus à plusieurs reprises. La peau frémit sous ses doigts, mais ce fut tout. Loup acceptait son examen.

Elle réfléchit quelques instants, puis annonça :

— Je vais le monter à cru.

Will, qui l'observait depuis la barrière, médusé, hocha la tête :

— Tu as besoin de moi ?

— Non, ça ira !

Elle prévint Loup de ce qu'elle allait

faire, et se hissa sur son dos. Aussitôt, il se mit à tourner en rond, penchant la tête. Elle tira sur le licol, tout en lui parlant à voix basse pour le calmer ; en vain. Elle sentit qu'il allait ruer, et sans attendre une seconde, elle se laissa glisser à terre. Elle roula sur le sol, à quelques centimètres des sabots, puis se releva avec souplesse. Elle attrapa d'une main ferme le licol et immobilisa le poney. Loup secoua la tête, mécontent. Laura perçut de nouveau la lueur furibonde dans son regard.

— Ho ! tenta-t-elle de l'apaiser. Tout doux !

Mais plus elle essayait de le retenir, plus il s'énervait. Elle défit donc le mousqueton et recula. Le poney lança une ruade et détala au fond du manège.

La jeune fille se mordit les lèvres.

— Ça va, Laura ? demanda Will, inquiet.

Elle hocha la tête :

Oui... J'ai voulu aller trop vite. Au temps pour moi !

Elle ne quittait pas des yeux le poney : trouvait-il qu'elle avait rompu leur pacte de confiance ? Elle s'en voulait terriblement :

142

Loup s'était sans doute senti trahi de nouveau. Et c'était une chose qu'il n'était plus en mesure de supporter. Il n'était pas prêt à être monté. Enthousiasmée par la nette amélioration qu'elle avait constatée dans son comportement, Laura en avait oublié la fragilité du poney...

Elle se ressaisit : elle ne devait pas rester sur ce demi-échec ! Il lui fallait s'assurer que le lien qu'elle avait réussi à établir avec Loup existait toujours. Le mieux était de recommencer une séance de consentement...

Quand Loup la rejoignit au centre du manège, elle reprit espoir. Tout n'était pas perdu ! Elle n'avait rien obtenu de plus que la veille, mais, au moins, le contact n'avait pas été rompu.

— Pas facile ! commenta Will.

— C'est ma faute, affirma Laura. Je suis allée trop vite. Son cavalier l'a laissé tomber au moment où le puma est apparu... Alors, il se venge à sa manière !

— Cet animal est fou furieux, et dangereux ! Vous perdez votre temps !

Laura et Will se retournèrent en même temps. Mike fondait sur eux en vociférant :

— C'est à croire que vous n'avez rien de mieux à faire !

Will regarda le palefrenier, les yeux brillants de colère. Laura lui pressa le bras, et il se retint de réagir.

Mike prit un air triomphant et s'éloigna en riant.

— Ça ne sert à rien de lui répondre, dit Laura. Il n'est pas le seul à ne pas comprendre la méthode Heartland !

Will haussa les épaules :

— Tu as raison... L'essentiel, c'est que Loup la comprenne !

Laura songea à Spellbound, la jument qu'elle n'avait pas su aider. Elle avait consacré ses vacances de Noël à essayer la technique du lien avec elle, mais Spellbound avait rejeté le contact. Par fierté, par indépendance, par nature – Laura n'en savait rien. C'était la première fois qu'elle échouait ainsi. Et si Loup, malgré ses tentatives, refusait d'être de nouveau monté ?

La jeune fille secoua la tête pour chasser ces pensées. Elle n'allait pas se décourager maintenant ; elle venait à peine de commencer. Comme la veille, ils douchèrent doucement Loup avant de le conduire dans sa stalle.

— Je vais voir Stan, déclara Will. Il aura peut-être besoin de nous.

— Préviens-moi si c'est le cas !

Laura se dirigea vers les dortoirs. Déstabilisée, elle avait besoin d'être seule un moment. Elle décida d'appeler Ted : il saurait sûrement la conseiller.

Ce fut Grand-Père qui décrocha.

— Laura !

— Grand-Père ? Je pensais appeler Ted.

— Ted a oublié son portable sur la table de la cuisine, et j'ai vu ton numéro s'afficher. Tu vas bien, ma chérie ?

Laura se tut un instant, hésitant à faire part de ses doutes à Grand-Père.

— Bof... dit-elle enfin. J'ai peur de ne pas m'en sortir avec Loup. C'est plus difficile que je ne le croyais... Je commets des erreurs en voulant aller trop vite.

Elle raconta la séance du matin.

— Mais c'est merveilleux ! s'exclama Jack Bartlett. Tu te rends compte de ce que tu as déjà obtenu ? Combien de chevaux ont refusé la technique du lien au premier essai ?

— C'est juste, reconnut Laura. Mais je ne sais pas s'il acceptera que je le monte.

— Le temps, Laura. Souviens-toi : le temps et la persévérance. Ta mère a toujours basé son travail sur ces deux valeurs. Elle aussi s'est découragée plus d'une fois, tu sais. Et c'est normal ! Cette tâche est si délicate, si ingrate...

— C'est vrai qu'ici, à part Will, personne ne me soutient, avoua Laura.

— Ça n'a rien d'étonnant, dit Grand-Père. Ils n'ont jamais entendu parler de Heartland et de nos méthodes. Pense à Marion, qui s'est battue pour les faire connaître. Et dis-toi que nous sommes avec toi !

Laura sourit. C'était bon de les savoir à ses côtés ! Elle prit des nouvelles du ranch, et ils raccrochèrent.

Laura s'assit sur les marches du dortoir. Elle était seule ; tout le monde vaquait à ses occupations. Elle avait le cœur serré. Les siens lui manquaient. Jamais auparavant elle n'avait éprouvé cette solitude et cette responsabilité. C'était un peu comme si elle avait pour mission de transporter Heartland à bout de bras dans un pays vaste et inconnu. Elle devait accepter l'idée que Loup ne changerait peut-être pas avant son départ. Et que ce ne serait pas un échec. Elle ferait ce qui était en son pouvoir... et celui-ci n'était pas infini ! Elle apprenait, et continuerait d'apprendre.

— Ohé ! Laura ! Tu rêves ?

Elle sursauta. Will se tenait devant elle, son chapeau à la main. Avec ses cheveux en bataille, il était craquant, et son teint mat mettait en valeur le bleu de ses yeux.

— Tu viens manger ? demanda-t-il.

Laura hocha la tête et se leva pour le suivre.

— J'ai vu Stan, reprit Will. Il m'a encore remercié pour le travail que nous avons fait hier. C'est fini, le sabotage des limes... euh... le limage des sabots !

— Ça, c'est plutôt une bonne nouvelle !

— Si on veut... À la place, il veut qu'on vermifuge le bétail.

— Gloups ! lâcha Laura.

— Comme tu dis ! Il faudra faire avaler à chaque bête des granules, qu'on dosera selon son poids, expliqua Will.

Laura s'arrêta sur le seuil de la cantine.

— Non ! gémit-elle.

Will passa devant elle et s'assit à une table. Il lui indiqua une place disponible en face.

— Si ! répondit-il.

❧ 16 ❧

Laura avait beau être épuisée, elle ne ferma presque pas l'œil de la nuit. Elle cherchait une solution au problème de Loup. Il ne lui restait qu'une journée pour réussir à le monter. Elle devait absolument le convaincre d'accepter un cavalier sur son dos. Comment s'y prendre ?

Elle se leva aux aurores et se rendit à la cantine, où elle se servit un café brûlant. Elle réfléchissait encore quand Will s'assit en face d'elle.

— Salut !

— Salut... répondit la jeune fille, absorbée dans ses pensées.

Will dévisagea son amie :

— Toi, tu n'as pas beaucoup dormi !

Laura haussa les épaules. En apercevant son reflet dans la vitre, ses yeux cernés et ses cheveux coiffés à la va-vite, elle grimaça.

— Toute la nuit, j'ai pensé à Loup, avoua-t-elle. Je n'ai plus qu'aujourd'hui pour essayer de le monter... J'ai peur de ne pas y arriver !

— Ne te mets pas trop la pression, lui conseilla Will. Personne n'attend de toi un miracle, tu sais. Pour les gens d'ici, tu es venue aider Stan. Alors, ne te tracasse pas.

— Facile à dire !

— Tout le monde voit que tu fais un travail formidable avec Loup !

— Tout le monde ? répondit Laura. Tu oublies quelqu'un...

Elle indiqua du menton Mike, assis à une table voisine. Will haussa les épaules.

— Il ne compte pas ! grommela-t-il.

Laura se leva. Elle n'avait pas de temps à perdre :

— Je file aux écuries !

Elle alla chercher Loup et l'emmena dans le corral. Le poney se montra docile, et accepta qu'elle lui masse l'encolure.

Ensuite, Laura passa à la séance de consentement. Loup la rejoignit au centre du manège plus rapidement que la veille. La jeune fille le félicita et lui caressa le flanc. Le poney frémit quand elle effleura les cicatrices, mais il ne recula pas.

Laura se demanda si elle pouvait le monter. Apercevant Will qui s'approchait de la barrière, elle eut une idée.

— Ça te dit, d'essayer la technique du lien ? lui proposa-t-elle.

— Tu es sérieuse ? demanda-t-il, surpris.

Laura opina :

— Ce n'est pas difficile. Tu as compris le principe, non ?

Will toussota :

— Hum... Eh bien, il faut inciter le cheval à venir de lui-même vers le cavalier, c'est ça ?

— Oui. Pour cela, tu le chasses en secouant la longe. Sans le quitter du regard, c'est important. Puis tu le laisses t'approcher... Ça marche ?

— Ça, on va le voir !...

Il regarda Loup, soudain intimidé.

— Ne t'inquiète pas, ça va bien se passer, le rassura Laura.

Elle lui glissa la longe dans la main et s'éclipsa.

Le poney dressa les oreilles, étonné de voir Will au centre du manège.

— Vas-y, souffla Laura au jeune homme.

Il incita Loup à fuir. Le poney s'éloigna de quelques mètres, et s'arrêta.

— Sois plus persuasif ! dit Laura.

Will recommença, cette fois avec plus de fermeté.

— Ouste ! cria-t-il au poney.

Loup fila au fond du corral. Dès qu'il faisait mine de s'arrêter, Will le chassait, jusqu'au moment où Loup céda. Le jeune homme se retourna, comme il avait vu Laura le faire. Quand Loup vint poser ses naseaux contre son épaule, il regarda Laura, ébahi :

— Ça alors ! J'y suis arrivé !

— Je le savais ! déclara Laura.

Will était ému. Laura lui sourit : elle connaissait bien cette émotion pour l'avoir vécue plus d'une fois.

— J'y suis arrivé ! répéta le jeune

homme. Merci, Laura ! C'est... c'est fantastique !

— Attends ! Ce n'est pas fini ! J'aimerais que tu restes au centre du manège pendant que je monte Loup.

— Quoi ? Tu veux le monter maintenant ?

Laura le regarda, les yeux brillants :

— Oui ! Loup t'a accordé sa confiance. Pendant que je serai sur son dos, il te verra, toi. Cela le rassurera. Tu dois rester dans son champ de vision, d'accord ?

Will déglutit :

— Hum... Oui !

— Hé ho ! Tu ne vas pas tourner de l'œil, quand même ? plaisanta Laura.

— Non... non, balbutia Will. J'ai un peu peur de sa réaction, c'est tout. On essaie ?

Laura acquiesça. Elle expliqua à Loup ce qu'ils allaient faire ; puis, doucement, elle se hissa sur son dos. Le poney regarda Will.

— C'est bon, mon grand ! dit celui-ci. Tu peux y aller. Je reste là, avec toi.

Laura dirigea le poney vers le fond du manège. Will se positionna de façon que Loup puisse le voir. La jeune fille talonna légèrement les flancs de sa monture et l'encouragea de la voix. Le poney dressa une oreille, puis l'autre, et se mit à trotter. Sa foulée était régulière et son encolure souple. Laura lui fit effectuer deux figures simples. Loup répondit avec la même aisance. La jeune fille sentit que le poney se détendait. Les larmes lui montèrent aux yeux :

— Tu es formidable, Loup, murmura-t-elle. Tu as gagné, tu sais ! Tu as gagné !

Elle lui fit faire demi-tour pour rejoindre Will. Le jeune homme les regarda, ému. Laura arrêta Loup et se laissa glisser à terre :

— Will ! s'exclama-t-elle. C'est... c'est génial !

Ils se tapèrent dans la main en riant de bonheur : c'était si inespéré ! Laura exultait : la veille encore, elle ne croyait pas du tout y arriver...

17

— Oh ! Comme c'est touchant ! lança une voix depuis la barrière.

Se retournant, Laura et Will découvrirent Mike, qui les observait, l'air moqueur.

— Vous vous imaginez que c'est gagné ? Et comment réagira Loup, une fois hors du manège ?

— Comme maintenant ! répondit Laura. Il nous fera confiance, où que nous soyons. Le contact est établi, et c'est l'essentiel.

Mike haussa les épaules et pivota sur ses talons.

— C'est ce qu'on verra demain, quand vous le monterez, maugréa-t-il en s'éloignant. Rira bien qui rira le dernier...

Demain ? Laura ouvrit des yeux ronds.

Elle était donc censée participer au rassemblement ?

Elle interrogea Will du regard.

— Je... je n'ai pas osé t'en parler avant, avoua le jeune homme. Ne te sens pas obligée de venir...

— Obligée ? répéta Laura, au comble de l'excitation. Tu veux rire ! C'est un honneur pour moi !

— Et Loup ? Tu crois qu'il sera en mesure de nous accompagner ?

— Et comment ! Il ne manquerait plus qu'il rate la fête !

Elle embrassa Loup sur les naseaux :

— Tu as entendu, mon grand ?

Le poney dressa les oreilles et les regarda l'un après l'autre. On aurait dit qu'il comprenait !

Elle se tourna vers Will, qui fixait Loup, l'air soucieux :

— Ne te tracasse pas ! Tout se passera bien. Il a confiance en nous. Allez, on refait une séance de consentement, puis on le rentre.

En bouchonnant Loup, Laura pensait à la journée du lendemain. Elle ne pouvait s'empêcher de se demander si le poney se comporterait aussi bien qu'elle l'avait prétendu devant Mike. Elle s'était un peu emballée face à cette espèce de macho... En vérité, elle n'était pas si certaine de la réaction de Loup. Les grands espaces risquaient de lui rappeler l'agression du puma.

Il n'y avait qu'une façon de s'en assurer : c'était d'y aller...

Le soir, elle appela Ted. Elle lui raconta qu'elle avait réussi à monter Loup. Son petit ami la félicita, et lui redit combien il était fière d'elle. Laura rayonnait : l'enthousiasme de Ted lui faisait chaud au cœur.

— Tu as eu une idée géniale, insista son ami. S'y mettre à deux était la solution idéale pour lui redonner confiance...

— Oui, je suis contente, reconnut Laura avec simplicité. Reste à voir comment ça sera demain !

— Ne t'inquiète pas. Loup a passé le

cap. Il n'y a pas de raison pour qu'il régresse !

Laura opina : oui, Loup avait fait preuve d'une volonté et d'un courage extraordinaires.

Au même instant, elle aperçut Will, qui l'appelait en agitant les bras :

— Le dîner est servi !

Laura fit la moue : elle aurait aimé parler plus longtemps avec Ted.

— Je dois y aller, souffla-t-elle, déçue.

— Alors, au revoir. Et bonne chance !

Laura se dirigea vers la cantine. Le soleil à l'horizon sombrait doucement derrière la mer de sable ocre. Des traînées orange striaient l'azur du ciel. « Demain, le soleil se lèvera sur une autre journée. Et quelle journée ! » songea Laura. Un frisson la parcourut. Serait-elle à la hauteur de la tâche ?

18

Laura se réveilla à l'aube. Elle avait très peu dormi, préoccupée par Loup. Les claquements des fouets, les cris des hommes, les mugissements des bêtes résonnaient dans tout le ranch. Elle se dépêcha de s'habiller et sortit du dortoir.

Le spectacle qui s'offrait à ses yeux était stupéfiant. Elle n'avait jamais rien vu d'aussi grandiose. Une forêt de cornes et de dos noirs et gris s'étendait jusqu'à l'orée du désert. Le troupeau comptait un millier de têtes ! Un nuage de poussière s'élevait autour, enveloppant les vachers et les chiens qui s'activaient pour maintenir les animaux rassemblés. De temps à autre, une tache noire se détachait du groupe, et un cavalier se dépêchait de ramener la bête égarée. Les lassos fusaient dans l'air avec un sifflement strident, tandis que des hommes criaient des ordres aux vaches. Devant le ranch, les 4X4 attendaient de s'élancer dans les chemins de terre battue.

Le vacarme était assourdissant, et Laura mit un moment à s'y accoutumer. Elle fila à la cantine, où elle prit un copieux petit déjeuner, puis se dirigea vers les écuries.

Dès qu'il l'eut aperçue, Loup vint à sa rencontre. Laura posa son front contre le chanfrein du poney et ferma les yeux. « Pourvu que tout se passe bien ! » pria-t-elle en silence. Si elle prouvait qu'on pouvait désormais le monter sans danger en dehors du ranch, alors il serait sauvé.

Elle lui passa le licol et le sella. Loup lui parut plus agité que la veille, sans doute à cause de l'effervescence qui régnait au ranch.

Elle lui fit un léger massage pour le détendre. Elle en aurait eu besoin, elle aussi ! Elle s'efforça de chasser la crainte qui s'immisçait en elle, et respira plusieurs fois à fond. Ses mains étaient moites, et ses doigts tremblaient quand elle ajusta les étrivières.

En quittant les écuries, Loup lança un hennissement inquiet. Ses naseaux frémirent. Il piaffa et secoua la tête avec vivacité.

— Doucement, Loup, murmura Laura.

Elle était de moins en moins sûre d'elle. N'était-ce pas trop tôt pour le sortir ? N'était-elle pas en train de faire une erreur qui risquait d'être fatale au poney ?

Elle s'apprêtait presque à renoncer quand elle entendit une voix derrière elle :

— Bonjour ! Ça va ?

Will montait un joli poney paré de couleurs vives, selon la tradition des Indiens d'Arizona.

— Je te présente Ferdy !

C'était la première fois que Laura voyait Will à cheval. Il avait fière allure !

— Prête pour la balade ? poursuivit le jeune homme en souriant jusqu'aux oreilles.

— Si on veut...

Will lui jeta un coup d'œil :

— Tu es inquiète ?

— Disons que je ne suis pas franchement sereine.

— Je suis certain que ça va bien se passer !

Laura fit la moue :

— J'espère...

Elle observa Loup : le poney ne quittait pas Will des yeux.

— Écoute, lança-t-elle, j'ai une idée. Il faut que tu restes près de nous. Loup a confiance en toi, ça saute aux yeux. Si tu te tiens à proximité, il se sentira rassuré !

— Ce sera avec plaisir !

Laura se détendit. Oui, c'était peut-être la solution... Elle secoua les rênes et ils partirent au trot, côte à côte.

Les cavaliers s'étaient regroupés à l'arrière du troupeau. La poussière picotait les yeux de Laura et lui brûlait les poumons. Le soleil tapait fort. Par bonheur, elle avait pensé à mettre un de ces chapeaux à larges bords que tous portaient ici.

Elle prenait garde à rester près de Will, de façon que Loup l'aperçoive toujours.

Elle remarqua les regards que lui jetaient les ranchers : Loup ne leur avait pas laissé que de bons souvenirs. Elle s'efforça de les ignorer, et de se concentrer. Loup était tendu, mais moins qu'elle ne l'avait craint.

Soudain, Mike surgit à leur hauteur.

— Ohé ! cria-t-il. Vous deux, restez à l'arrière ! Pas question de perturber les autres, compris ?

Will et Laura se contentèrent de hocher le menton, alors que l'homme s'éloignait déjà.

Tous les sens en alerte, Loup ne quittait pas le troupeau des yeux, sans prêter attention aux autres cavaliers : l'instinct semblait plus fort que la peur. À un moment, le poney dressa la tête et frémit. Laura se dressa sur ses étriers et vit un jeune taureau qui s'était détaché du troupeau. Elle relâcha légèrement les rênes, et le poney bondit en avant. Il connaissait son travail par cœur ! Sa cavalière le guida avec adresse pour couper la route au fuyard. En les voyant, ce dernier pila et fit demi-tour.

Prenant sa place à l'arrière, Laura remarqua Mike, qui levait le pouce.

— Bien joué ! cria-t-il.

La jeune fille rougit de plaisir. Mike

reconnaissait enfin qu'elle pouvait être utile ! « Mieux vaut tard que jamais... », songea-t-elle.

Le poney avançait maintenant d'une foulée souple et régulière, suivant le troupeau le long des ravins et dans les canyons.

Laura jubilait : elle participait au rassemblement d'un millier de bêtes en Arizona ! Elle n'arrivait pas à y croire ! Will aussi exultait. Ses yeux brillaient, et un sourire illuminait son visage.

Comme chaque fois qu'ils faisaient équipe, la collaboration de Laura et Will fut efficace. Ils allaient et venaient, ramenant les taureaux égarés. Loup répondait avec docilité aux indications de Laura. Les craintes de la jeune fille s'étaient s'évanouies. Chevaucher ce poney était un vrai bonheur.

— J'adore cette selle de cow-boy ! confia-t-elle à Will. On dirait un fauteuil, tellement elle est confortable.

— Moi aussi. C'est la deuxième fois que j'en utilise. La première, c'était pendant un camp d'ados !

Soudain, Ferdy bondit en avant. Une

vachette s'éloignait vers la droite. Will eut juste le temps de reprendre les rênes et de lancer son lasso. La fugitive battit en retraite. L'habileté du jeune homme impressionna Laura : on aurait cru qu'il avait fait ça toute sa vie !

— Waouh ! lança-t-elle, admirative, en le rejoignant. Tu es un vrai pro, ma parole !

— Qu'est-ce que tu veux ! Des années de pratique, plaisanta-t-il, les yeux pétillants.

Laura aussi souriait, radieuse. C'était grisant ! Elle aurait aimé que Ted, Lou et Grand-Père la voient accompagner cette marée d'animaux vers les pâturages d'été.

Cette journée consacrait le travail qu'elle et Will avaient fait avec le poney. C'était émouvant de voir Loup de nouveau confiant, et de sentir la fougue qui l'habitait. Son entrain était contagieux, et Laura s'était laissé prendre au jeu du rassemblement... Loup n'aurait pas pu lui offrir de meilleure récompense !

19

Le soleil commençait à décliner quand ils arrivèrent en vue d'une large vallée où les bêtes allaient passer l'été. On aurait dit que le troupeau reconnaissait l'endroit. Les taureaux et les vaches accélérèrent le pas, et les cow-boys talonnèrent leur montures pour les inciter à descendre dans la vallée.

Bientôt, les animaux s'éparpillèrent sur les verts pâturages. Les ranchers poussèrent des cris de triomphe en lançant leurs chapeaux en l'air. Le rassemblement s'était bien passé, et pour nombre d'entre eux, c'était la fin de leur emploi saisonnier. Ils auraient droit à deux longs mois de repos avant d'entamer la saison suivante.

Will et Laura mirent pied à terre. Ils étaient fourbus !

Un camp fut monté à la hâte, et on sortit d'une Jeep des ustensiles de cuisine. Il fallait nourrir une centaine de personnes ! Des jerricans d'eau passèrent de mains en mains, et furent vidés en quelques minutes. Tous étaient assoiffés. Les chevaux et les vaches, eux, s'abreuvaient à la rivière qui coulait au milieu de la vallée.

Un rancher qui s'était improvisé cuisinier prépara un feu de camp ; bientôt, des flammes jaillirent, léchant une énorme marmite suspendue au-dessus. Des étincelles voltigèrent dans l'air du soir.

Laura et Will dessellèrent leurs montures, et les menèrent à la rivière. Les deux poneys enfouirent leurs naseaux dans l'eau, et burent goulûment. Laura fut obligée de relever deux fois la tête de Loup pour qu'il ne s'étouffe pas !

Après avoir attaché Ferdy et Loup côte à côte, les jeunes gens rejoignirent la longue file des vachers qui attendaient leur repas. Tous étaient couverts de poussière et de sueur ; Laura sentait la crasse incrustée dans son cou et jusque dans le creux de ses reins.

Un homme muni d'une immense louche versait des portions de ragoût dans les assiettes. Will et Laura contemplèrent la masse brunâtre avec hésitation. Mais en voyant les ranchers dévorer leur ration, ils les imitèrent, en poussant les gorgées avec du thé brûlant servi dans des mugs en métal.

Les ranchers allaient passer la nuit à la belle étoile, avant de repartir le lendemain matin, à l'aube. Une tente fut dressée pour les bouviers qui devaient passer l'été à surveiller le troupeau.

Laura et Will déroulèrent leurs sacs de couchage et se glissèrent à l'intérieur en gémissant : ils étaient courbaturés. Laura se réjouissait de dormir dehors. Le ciel, immense, déployait sa voûte constellée d'étoiles. Jamais elle n'en avait vu autant ! Elle distinguait nettement la Voie lactée, le Grand Chariot, Cassiopée... Non loin, le feu craquait, parfumant l'air de la senteur du bois qui finissait de se consumer. Au loin, on entendait renâcler les chevaux. Loup et

Ferdy se reposaient, eux aussi. Laura sourit en repensant à Loup, qui s'était laissé masser après le repas, et avait même posé sa tête contre son épaule. Cette marque de confiance l'avait beaucoup émue. Loup revenait de si loin ! Sa guérison relevait du miracle.

Elle ferma les yeux et s'abandonna à la douceur de l'instant. De temps en temps, elle les rouvrait pour admirer le ciel lumineux de l'Arizona et le graver dans sa mémoire.

Soudain, elle se sentit observée. Elle tourna la tête et vit Will, le menton appuyé sur la main, qui la contemplait. L'intensité de son regard mit Laura mal à l'aise. Elle tenta une plaisanterie pour alléger l'atmosphère :

— Tu comptes les nœuds dans mes cheveux ?

Will se contenta de sourire. Le silence devenait de plus en plus pesant.

— Tu es une fille étonnante, murmura le garçon au bout d'un moment. J'aimerais te connaître mieux, ajouta-t-il à voix basse.

Laura se mordit les lèvres. Will s'avançait sur un terrain dangereux...

— Mais il n'y a rien à connaître ! lança-t-elle, feignant l'insouciance.

— Ce n'est pas mon avis. En fait, j'aimerais être plus qu'un ami pour toi.

Il se pencha vers Laura. Pendant un court instant, elle crut qu'il allait l'embrasser, et sentit la panique la gagner. Elle-même n'était pas insensible au charme de Will. « C'est à cause de ce paysage romantique », se dit-elle. Le ciel étoilé, le feu de camp, les chevaux à côté... Elle ne devait pas se laisser piéger par les émotions qu'ils avaient partagées aujourd'hui. Elle prit une profonde inspiration.

— J'ai un petit ami, Will, souffla-t-elle. Ne l'oublie pas.

Il y eut un silence.

— Excuse-moi, Laura, dit enfin Will. Je ne voulais pas te mettre mal à l'aise.

— C'est bon, n'en parlons plus, répondit la jeune fille.

Elle s'enfonça dans son duvet et tourna le dos à son compagnon d'aventure. Le sommeil commençait à alourdir ses paupières.

Elle repassa dans sa tête les images de la journée ; puis elle songea à Ted. Que faisait-il, lui, à cet instant précis ?

Le lendemain, avant que le soleil inonde les plaines désertiques de l'Arizona, le camp fut levé. Lesranchers qui partaient échangèrent des poignées de main avec ceux qui restaient en se donnant rendez-vous pour la fin de l'été.

Will et Laura s'évitaient. Après cet instant de flottement dans leur relation la veille au soir, la jeune fille préférait se tenir à distance. De son côté, Will parla peu, contrairement à son habitude.

Ils se retrouvèrent pour le retour au ranch, qui se passa dans la bonne humeur. Chevauchant Loup, Laura écoutait avec intérêt les récits des vétérans. Elle apprit ainsi qu'il leur était arrivé de perdre des bêtes lors des rassemblements. L'année d'après, ils avaient retrouvé leurs carcasses au fond d'un ravin. Laura frissonna. Cette étendue sauvage cachait des ennemis redoutables : des serpents, des pumas... Loup en avait fait l'expérience douloureuse.

Vers la fin du voyage, Mike s'approcha d'elle et de Will.

— Je vous dois des excuses, lâcha-t-il, un peu gêné. J'ai cru que vous perdiez votre temps avec Loup, et, vu le travail qu'il restait à abattre avant le déplacement des bêtes, cela me rendait fou. Je dois avouer que vous vous en êtes bien sortis...

— C'est surtout Loup qu'il faut féliciter, répondit Laura. Il a été d'un courage exemplaire, et il a surmonté un traumatisme très profond !

— En tout cas, bravo ! lança Mike. Vous nous avez été très précieux hier, et vous avez impressionné tout le monde.

Comme Laura et Will le regardaient, étonnés, il ajouta :

— Si, si ! C'est vrai !

— Moi, vous m'avez bluffé, intervint un vacher. Je n'imaginais pas que Loup pourrait être monté de nouveau un jour...

— On était sûrs que c'en était fini pour lui, renchérit une cavalière.

Laura sentit son cœur se gonfler de

fierté. Ainsi, une fois de plus, la méthode Heartland avait fait ses preuves. Et elle pourrait repartir tranquille : il y aurait quelqu'un pour prendre soin de Loup, Mike lui avait donné sa parole. Et peut-être que le traitement servirait à d'autres chevaux...

Mike et Hank l'invitèrent à rester au ranch aussi longtemps qu'elle le voulait. Même s'il lui restait encore trois jours de vacances, Laura déclina l'offre : elle préférait rentrer à Heartland. Elle brûlait d'envie de retrouver les siens et de leur raconter son aventure. Elle avait aussi promis à Lou de lui rendre une dernière visite avant la naissance du bébé. Et puis, Ted lui manquait...

Elle dit au revoir à ses nouveaux amis avec un pincement au cœur : elle n'oublierait jamais ces quelques journées passées en leur compagnie !

Pour finir, elle alla saluer Loup. Le poney l'accueillit avec un hennissement sonore, et Laura en fut réconfortée. Elle savait à présent qu'il était sorti d'affaire, et qu'on s'occuperait bien de lui.

Sur la route de Tucson, elle discutait avec Will des cours qui les attendaient, évitant d'évoquer le séjour au ranch.

Une fois dans le hall de l'aéroport, le jeune homme dit simplement :

— Je te promets de ne plus t'embêter, Laura. Excuse-moi encore

— C'est bon, Will ! répondit-elle. Je ne t'en veux pas.

Et c'était vrai. Elle lui était reconnaissante pour sa loyauté.

Ils s'étreignirent avec chaleur. Malgré l'amitié qui les unissait, Laura avait hâte de retrouver Ted...

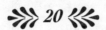

20

« Les passagers pour Meadowville, Virginie, sont invités à se présenter porte D... »
Laura rangea ses affaires sous l'œil attentif des douaniers et passa dans la salle d'embarquement. En apercevant son reflet dans une vitre de l'aéroport, elle ne put s'empêcher de sourire : avec ses cheveux emmêlés, son teint hâlé, son jean troué et sa veste poussiéreuse, pas étonnant que les douaniers lui aient demandé d'ouvrir son sac !

Que penserait Ted quand il la verrait ? Il lui trouverait certainement meilleure mine qu'à son retour de fac. Elle était excitée à l'idée de lui faire une surprise. Et si elle demandait à Soraya de venir la chercher ?

Elle appela son amie, qui accepta, ravie par la perspective de papoter avec elle.

Laura monta dans l'avion, les joues roses de plaisir. L'enthousiasme de Soraya lui faisait chaud au cœur. Elle songea que, si leur amitié ne souffrait pas de la distance qui les séparait, alors il n'y avait pas de raison pour que sa relation avec Ted en pâtisse. Ces quelques jours en Arizona lui avaient permis de réfléchir. Elle se reprochait sa jalousie envers Heather... Soraya avait raison : leur amour était réel, et il résisterait à tout !

— Waouh ! Quelle mine superbe ! s'écria Soraya à sa vue. On croirait que tu rentres d'Afrique !

— C'est presque ça ! En tout cas, jamais je n'ai vu d'espaces aussi grands et sauvages !

Elles se dirigeaient vers la voiture de Soraya.

— C'est grandiose ! reprit Laura. Le désert, les canyons, le ranch avec une centaine d'employés... Fabuleux !

— Raconte ! l'encouragea Soraya en tournant la clé de contact.

Laura ne se fit pas prier : pour une fois qu'elle avait la parole ! Avec son amie, les occasions étaient rares... Elle lui décrivit son travail au ranch, évoqua le comportement machiste de Mike, mais ne mentionna pas les timides avances de Will pour éviter les taquineries de son amie. Elle avait trop de respect pour Will et ne souhaitait pas qu'il soit l'objet de plaisanteries.

— Figure-toi, poursuivit-elle, que Loup a été impeccable pendant le déplacement du troupeau.

— Quoi ? l'interrompit Soraya. Tu as accompagné le troupeau ?

— Bien sûr ! Et Loup a...

— Et tu montais Loup ? insista Soraya, les yeux ronds. Tu m'avais dit que son traumatisme...

Cette fois, ce fut Laura qui la coupa pour lui raconter comment Will et elle avaient rétabli le contact avec le poney.

Soraya l'écoutait avec intérêt.

— Tu feras une vétérinaire géniale !

s'exclama-t-elle quand Laura eut fini son récit.

— Il y a des choses où je suis carrément nulle ! s'esclaffa Laura. Si tu m'avais vu limer les sabots des taureaux...

Elles bavardèrent tout au long du trajet. Soraya relata la visite d'Anthony, qui avait beaucoup plu à ses parents. Elle regrettait que Laura ne l'ait pas rencontré.

— La prochaine fois ! lui dit celle-ci.

Puis elle ajouta, pensive :

— Je suis si impatiente de retrouver Ted... Il m'a trop manqué !

Elles longeaient l'artère principale de Meadowville quand, soudain, le cœur de Laura fit un bond : la camionnette de Ted était garée devant le bar où ils avaient passé la fameuse soirée.

Elle posa la main sur le bras de Soraya.

— Arrête-toi ! s'écria-t-elle. Ted est là !

Soraya freina et se rangea sur le petit parking, face au bar. Laura attrapa sa veste, sauta de la voiture et courut vers l'entrée. L'idée de revoir Ted lui donnait des ailes !

Un couple se tenait à l'ombre du porche, tendrement enlacé. Laura leur jeta un regard attendri... Tout à coup son sang se glaça. La fille, une blonde, avait attiré la tête du garçon pour l'embrasser. Et quand ce dernier se redressa, Laura porta sa main à la bouche pour retenir un cri : Ted !

Elle recula, horrifiée. Puis elle fit volte-face, et sans un regard derrière elle, se précipita vers la voiture de Soraya. Les larmes brouillaient sa vue, un sanglot restait coincé dans sa gorge. Tout autour d'elle lui semblait trouble et confus.

Elle ouvrit la portière et se laissa tomber sur le siège. Son amie la regarda, stupéfaite.

— Conduis-moi à l'arrêt de bus ! lança Laura dans un souffle. Je repars à la fac.

Puis elle ajouta d'une voix blanche :

— Je n'ai rien à faire ici. Il n'y a plus de place pour moi à Heartland.

Des livres plein les poches, POCKET jeunesse des histoires plein la tête

Et si tu danses,
si tu as dansé,
si tu rêves de danser,
découvre vite la série

Danse !

par
Anne-Marie Pol

Découvre la collection

**Tu aimes rêver,
alors découvre vite la collection**

Toi+moi

Dévore les romans de la collection

Cet ouvrage a été composé par
PCA - 44400 REZE

Impression réalisée sur Presse Offset par

BRODARD & TAUPIN

GROUPE CPI

La Flèche (Sarthe), le 21-09-2005
N° d'impression : 31009

Dépôt légal : octobre 2005

Imprimé en France

 12, avenue d'Italie • 75627 PARIS Cedex 13

Tél. : 01.44.16.05.00